亦

舒

作

品

蓉岛之春

目录

蓉岛之春

壹·

遮住自己，看不见别人，
便以为别人也看不见他。

小小蓉岛的春天湿漉漉的，空气里像可以拧出水来，墙壁上有雾气，身上的汗不易干。

　　十三岁的许家真刚升上初中一年级，在灯光下做功课。

　　呵，做不完的功课，先写英文作业还是先做代数？家真不像大哥二哥，他是平凡的标准乙级学生，老师家长都不大注意他，偶然有伯母或阿姨会说："呵，三个孩子最好看的是家真。"就那么多。

　　眼皮愈来愈沉，笔益发钝，终于家真的额角碰到书桌，发出"咚"的一声。

　　慢着，还有其他声音。

　　许家住在一间平房里，前后是花园，种着美人蕉、夹竹桃、大红花以及家真最喜欢的雪白芬芳的栀子与姜兰。这一夜，花香特别馥郁，深绿油滑的芭蕉叶直伸进窗户来。

家真站到窗前。

"谁？"

有人用英语叫他："许家真，出来玩。"

一听就知道是混血儿同学钟斯的声音。

"去什么地方？"

钟斯精灵般的面孔自叶丛中探出来。"跟我走，不吃亏。"

"到底去哪里？"

钟斯伸长嘴在家真耳边轻轻说："看洗澡。"

家真一听，立刻涨红面孔，后退一步。

钟斯诧异地问："你不敢去？"

家真嗫嚅："我功课还没做完。"

"你不敢去。"

家真不出声。

"自窗口跳出来，二十分钟即返。"

也许是坏淘伴引诱，也可能是功课实在叫十三岁的他厌闷，家真放下代数，翻过窗口，跟钟斯奔出花园。

僻静的住宅区一路有蟋蟀鸣叫，钟斯伸手赶走身边的飞蛾及萤火虫。

"哪里?"

"跟着来。"

他们沿小路走到河边一列木屋旁。

"这里?"

那是乡下出来当临时建筑工人的宿舍，母亲警告过，最好不要走近，因为听说工人吃狗肉，凶悍，喜骂人，还有，他们是当地土人，说话也听不懂。

钟斯嘻嘻笑，爬上一棵大榕树。

到了这个地步，回头已经太迟。

许家真双手抓住榕树长须，往上爬去。

他们两人骑在丫杈上，居高临下，刚好看到二楼以上小窗口里的风光。

这一次偷窥，改变了家真的一生。

只听得钟斯低声说："看。"

那是一个苗条的女体，背着他们，浑身皂液，不错，她正在出浴，可是她并非赤裸，她身上罩一件白色棉纱袍子，湿了水，薄如蝉翼，紧紧黏贴在皮肤上。

她漆黑长发盘在头顶，髻上别着蛋黄花还未取下，她正舀起一瓢清水往肩上淋下。

皂液冲去，身体更加晶莹，背脊纤细曼妙，说不出的好看。

家真知道她是一个少女。

他也曾经翻阅过裸女杂志，连大哥二哥在内，都说不好看，大哥的说法是"没有诚意"，二哥说："年纪都不小了。"家真觉得猥琐。

可是这个不知名少女却煞是好看。

这时，钟斯狰狞地笑："怎么样，没来错吧。"

家真不知如何回答。

电光石火之间，乐极生悲，咔嚓一声，钟斯骑着的丫杈忽然折断，他直往地上摔去。

钟斯一骨碌爬起，可见没有受伤，他往树上叫："快跑。"便已窜逃。

家真刚想跳下逃命，可是少女偏偏在这个时候转过头来看向窗外。

呵，家真无法不凝视那栀子花一般的容貌。

她的头发与脸上都是小水点，大眼，樱嘴，她一眼看到窗外爬在树上的男孩，但是她不见害怕，也不生气，只是意外。她围上毛巾，走近窗户。

这时，狗已经吠起，太迟了。

家真听见有人喝骂，小窗内灯光熄灭。

有人扯着他的腿把他强拉下树来，不由分说，拳打脚踢。

家真本能地用手护着头。

"什么事，什么事？"

"这小子偷看怡保沐浴！"

说的是中文，那少女叫怡保。

"这么小就这么坏。"

"他还有同伴。"

"认得那是谁否？"

"是那个英国人同家中保姆私生的钟斯，最最坏，不是来偷果子，就是偷看女人，是名小贼。"

这时，有人伸出腿来，狠狠踢了家真一脚，正中太阳穴。

家真金星乱冒，昏死过去。

苏醒时已在家里。

他躺在床上，书桌上正是没做妥的代数。

他浑身酸痛，双眼肿得张不开来。

身边的医生说："醒了，没事，通通是皮外伤，休息几天就没事了。"

没事？

父亲背着他站在窗前。

医生告辞。

父亲低声喝："坐起来。"

他母亲连忙说："慢慢来。"

父亲直骂过去："慈母多败儿。"

母亲受了委屈，流下泪来，离开房间。

家真知道事态严重，缓缓站起，低下头，垂直双手。

这时大哥家华走进来。

"爸，待我问他。"

父亲忽然伸出手来，震怒地重重掌掴家真。

家真受击整个人退后三步，痛入心扉，牙齿切到嘴唇割破流血，他强忍着眼泪。

父亲走出去，重重关上房门。

家真掩住嘴，低头不出声。

大哥忽然笑了。"偷看土女沐浴？家真，你好不堕落。"

家真羞愧无语。

"十三岁了，也该用用脑子，什么事可以做，什么不该做，人家叫了警察，找到你姓名地址，抬你回来，爸震惊之余立刻联络律师……你为什么做出这种事？你为何叫妈妈伤心？"

提到妈妈，家真落泪。

"是由坏朋友带你的吧，窗外另有一人的足印。"

"不，"家真低头，"是我自己缺乏判断力。"

"是那个叫钟斯的坏同学吧，这种人是魔鬼，一定得拉人进火坑才甘心。"

家真咬紧牙关。

比他大十岁的大哥痛心。"同你说过多次不要与他来往，你只当耳旁风。"

这时，二哥家英也进来，一时间小寝室里坐了三兄弟。

家真当时无论如何都没想到，这是他们手足最后一次聚头。

当下家英仔细研究小弟的面孔。"嗯，青肿难分，明日怎么上学？"

"他还去上课？"大哥摇摇头。

这时，家里的老用人来叫："家华，太太找你。"

老大应声去了。

老二看着家真，忽然问："她是个美女吗？"

家真毫不犹豫地点点头，那少女的倩影已经刻在他脑海里，永志不忘。

他轻轻说："她长得像湖水里冒出来的仙子精灵，因此我看多了一眼，被毒打一顿。"

"值得吗？"

家真咧开红肿流血的嘴笑了。

"你一向最乖，没想到也开始生事。"

老大回来听见，加上一句："他那著名的青少年荷尔蒙开始萌动，今非昔比。"

老二问："叫你去干什么？"

大哥答："你去了便知道。"

"你看，小弟闯祸，连同我们都要听教训。"

轮到大哥问家真："算是出水芙蓉吗？"

家真答："美得像图画里的人。"

"呵，画中人。"

"她名叫怡保。"

"怡保是一个城市名字，也许，她在该处出生。"

"我不是故意的，我根本不知道她用水瓢舀桶里的清水冲身……"

"嗯，临时工人的宿舍设备简陋，没有浴室装置。"

家真一呆，他倒是没想到这点。

家华似乎知得较多。"这是一班流动工人，贫穷，耐劳，苦干，工头付出极低的工资，换取他们的劳工，转售资方，从中剥削，有欠公平。"

家真怔怔地问："她是工人？"

"一定是工人女。"

"为什么叫她土女？"

"因为她是土生，她不是华侨。"

家真说："但是我听见他们讲中文。"

"也许这一班人当中有华人，与当地土著同化，生儿育女。"

"他们可像吉卜赛？"

"一单工程完毕，便搬到另一处觅食，似游牧民族较多。他们脾性耿直，勤奋工作，但孩子们比较吃苦，居无定所，而且不能上学。"

大哥的语气中有许多同情。

家真说："社会好像歧视他们，不应该呢，大家都是人。"

大哥笑了。"你也这样想？太好了，我正在帮他们争取权利。"

"你？争取？怎样做？"

"将来告诉你。"

"大哥，我不小了。"

家华笑。"待你偷窥女子沐浴而不被捉到之际，你才不算小。"

家真哭笑不得。

这时，家英回来，大哥二哥交换一个眼色，异口同声，宣布消息："家真，爸妈要送你到英国寄宿。"

家真大叫起来："什么？"

是真的。

他闯了祸，不是大事，却是极为猥琐，见不得光的事。

在保守及受人尊重的许家，这件事简直是有辱家声，非把滋事分子送出去不可。

大哥笑说："迟些早些，你总得到外国读书，我已去了四年，家英陪你一起走，咦，家里只剩我一个了。"

老二说："妈说你结了婚家里会热闹。"

"结婚？"他笑。

大哥高高在上，家真最崇拜家华。

家华长得高，他的浴室有一面镜子，也挂得高，只有他一个人照得到。

家真不想离家寄宿，他用毛巾盖住头，坐在床上生闷气。

老二说："家真块头不小，不知怎的，异常幼稚。"

大哥解释："因为他举止还似孩童，你看他，遮住自己，看不见别人，便以为别人也看不见他。三岁幼儿才如此逃避，鸵鸟政策。"

家真放下毛巾。

大哥丢下话："大人会勇敢面对。"

他们出去了，顺手替家真熄灯。

家真心想：要把他送出去读书，可是先通知家里的每一个人，然后才知会他，他有什么人权？

这一切，都是为着他在不适当的时候，去了一个不适当的地方，做了一件不适当的事。

家真再用毛巾蒙起脸。

半晌，有人叫他："家真。"

是妈妈的声音。

"妈妈，对不起。"

"不关你的事，全是坏朋友教唆，去寄宿你可免却这等坏影响。"

母子握紧手。

妈妈看上去永远年轻秀美懦弱，完全不像三子之母，尤其不像二十三岁长子家华的母亲。

她时常戏言："家华是我丈夫前妻所生。"

当下她问家真："大哥与你谈什么？"

家真答："叫我好好做人。"

母亲迟疑一下又问："可有说到什么运动？"

"他一向是篮球好手。"

"不，不是体育运动，"母亲改用英语，"是工运那种运动。"

家真全不明白。

母亲微笑地说："家真，你们都是我的瑰宝。"

家真终于睡了。

第二天一早医生又来看他，见他眼睛肿得张不开，既笑又惊，立即检验，幸好无事。

父亲斥责："去到英国若再闹事，把你充军到火地岛。"

家真知道火地岛在南美洲最南端之尖，近南极洲，真去到那里，倒也有趣。

只听见母亲说："不如租层公寓，让家英家真同住，比较舒适。"

父亲厉声反问："要不要带老妈子丫鬟书童同去？不行，肯定住宿舍，免得他们胡闹。"

母亲不再出声。

家真也动气，充军就充军，宿舍就宿舍，怕？怕就不是好汉。

下午家真坐房里看书，花香更浓，一条绿藤趁人不觉，卷入窗内。

他渴睡。

家真不舍得离开明媚南国到浓雾阴雨的北国去。

这时，他的损友又出现在窗外。

"家真。"

可不就是钟斯先生。

他鬼鬼祟祟在窗口探头。

家真没好气。

"对不起家真。"

"你知道就好。"

"听说你将往英伦寄宿？"

"多谢你呀。"消息传得很快。

"你父亲叫律师陪着到我家来，与我爸谈过片刻，他很客气，讲明来龙去脉，说是要提早送你去英国。"

家真不出声。

"我爸当着他的面责备我，他的气也消了。"

家真仍然不语。

"我爸说他虽是华人，却是赫昔逊建造名下的总工程师，多个朋友，总好过多个敌人。"

家真心想：英人看不起华人，华人又看低土著，这世界充满阶级歧视，实际上割开皮肤，流出来的全是红色浓稠的血液。

钟斯说："讲到底，蓉岛是英属殖民地。"

他算是半个英人，与有荣焉。

钟斯爬进房来躺在小床上。"可是，我从来没去过英国。"

他很少提到身世，今日像是有所感怀。

"听我妈说，钟斯氏在英国颇有名望，伦敦南部有个地方叫素里，钟斯是地主，拥有大片庄园。"

家真恻然，不出声。

他知道钟斯永远去不到那里，老钟斯在英国另有妻儿，退休后一走，他们母子将不知怎样生活。

终于钟斯笑起来。"家真，你永远是我的好友，我们后会有期。"

阳光下他混血的眼睛与皮肤呈褐黄色，像是汗衫穿久了又洗不干净的渍子，可是眉目精灵，讨人喜欢。

"再见钟斯。"

这闯祸坏顺手摘下一朵大红花，别在耳后，蹿离花园无踪。

家华推门进来，缩缩鼻子。"咦，你抽烟了？"

家真连忙答："不，不是我。"

一定是钟斯带来的气味。

"又是你那个淘气朋友吧。"

"他不是坏人。"

家华微笑。"他也不是好孩子。"

家真反问："什么叫好孩子？我是否是好孩子？"

"品学兼优，即是好孩子。"

"那你与家英都是好孩子。"

"偶尔犯错，也不见得无可救药。"

家真笑了。"谢谢你，大哥。"

"来，跟我走。"

"去何处？"

大哥开着一辆吉普车往小路驶去，家真认得这条路，他耳朵烧红，羞愧无言。

这条路通往工人宿舍，即他前几日被人抓住毒打的地方。

大哥带他来做什么？

他惊惶，头抬不起来，汗如出浆。

忽然听见大哥说："到了。"

家真偷偷一看，怔住，是，正是这个地方，那株老榕树还在，长须如昔，可是，简陋的一列木屋已经拆清夷平，变成大堆烂木。

家真张大嘴动弹不得。

那些人呢，都去了什么地方？

家华示意他下车。

家真举头四望，他手臂擦伤之处还贴着胶布，那些工人却已经消失。

伊人又去了何处？

这时，大哥的朋友走过来说话。

"工人抗议无效，违章建筑一夜拆清，他们已搬到附近乡镇去住，交通不便，往来要一个多小时。"

大哥无奈。"可有尽量为他们争取？"

对方答："他们不听我们说的，只是推说官地不许有违章建筑。"

"这群建筑已经存在年余，为什么早不拆迟不拆偏偏赶在风季拆清？"

"有人投诉他们太过接近上等华人住宅区，引起不安。"

"谁？"

"不知道，肯定是一名高级华人。"

大哥与朋友苦笑。

家真心中牵动：太凑巧了，是否是因为他在这里挨打的缘故？

这时有一辆大货车驶出来，工人把废料倒进车斗。

那辆大货车身上漆着橙色英文大字：赫昔逊建造。

家真不敢再联想下去。

大哥叫他："过来这一边。"

家真跟着大哥走进树林。

家华伸手一指。"这一带树林与小溪已遭破坏。"

树林大半已被砍伐，空地用来种蔬菜及马铃薯，溪水污浊，垃圾漂浮。

大哥的朋友说："土著总觉得人类凌驾大自然之上，却没想到，失去大自然，人类根本无法生存。"

这时，他们忽然听见隆隆隆巨响，像是天边响起巨雷。

三人大吃一惊，抬头望去。

只见一辆巨型推土机一条龙似的正朝丛林驶去，无坚不摧，一路上压平树木泥土。

大哥朝前奔过去，司机停下机器，与他说话。

不多久他气馁地走回来，大力顿足。

他朋友完全明白。"来了。"

家华点点头。

家真问："什么怪兽来了？"

"的确是怪兽，叫作殖民地资本家。"

家真静下来。

司机再次开动推土机，家真又看见"赫昔逊"字样。

父亲正是赫昔逊建造的总工程师。

大哥带他回家。

那天许家迟迟没有开出晚饭来。

家真走到厨房找零食，看见母亲寂寥地靠在后门看雨景。

他叫她。

母亲一脸愁容转过头来。

"妈，什么事？"

母亲轻轻答："孩子长大了，心肠不一样。"

家真内疚至深。"妈，对不起。"

"嘘。"

这时，除了淅淅雨点打在芭蕉上，还听见有人吵架，是父亲与大哥。

——"是，森勿路将建商场，这是公司的计划，我听差办事，的确由我主理。"

大哥说："若把土著赶到绝路，他们必定跳墙，本来他们种蔬菜、捕鱼、采树胶、摘蜂蜜，都是营生，此刻官商勾结，一步步把他们的土地收回，他们何以为生？”

父亲大力敲着桌子。"这是政府的政策，我听差办事，是枚小卒，你又不是土著，关你什么事？"

"这种昧着良心的差事！"

里面忽然传来瓷器破碎的声音。

"是我黑良心把你养到大学毕业回头来教训我。"

母亲泪盈于睫。

家真紧紧握住母亲的手。

这时，家华冲出家门去。

母亲轻轻说："这就是他在搞的运动之一。"

那一晚，谁也吃不下饭。

深夜，家真发觉大哥在房中收拾衣物。

他惊问："大哥，你干什么？"

许家华转头笑说："你看看印度。"

印度，关印度什么事？

家华说下去："印度遭剥削一个世纪，所有财富被搬得一干二净，金银铜铁锡钻，通通去装饰了大英帝国，待英人一走，一穷二白，到今日尚未翻身，为什么要步印度后尘？"

家真想一想，大哥可是在考他的历史及经济？

他答："也有点建设吧。"

"什么建设，学会打曲棍球？"

家真说："不，不，马球及曲棍球其实是由印度传入英国，正像茶与玫瑰由中国传入。"

家华笑了。"他们抽走所有资源，赚了大钱，卖掉你，你还帮他数钱，真正厉害。"

家真着急。"不同你说印度，你打算去哪里？"

"我已到离家独立的时候，家真，男儿志在四方，我会回来看妈妈与你。"

家真不舍得他，抱住他的腿。

"喂喂喂，你是最小，但也别太娇纵。"

家华背上大帆布袋，抓件外衣，就出门去。

家真急得直喊："妈妈知道吗？"

妈妈就站在门口，把一卷钞票塞在大儿手中。

家华迟疑。

妈妈轻轻说："革命，请吃饭，都得靠它。"

家华笑着走了。

"记得打电话回来——"

他的吉普车已经驶走。

家真顿足。"妈妈，你怎么让他走？"

"留不住他。"

"他是你儿子：骂他，打他，不放他走。"

妈妈哭笑不得。"将来你有了子女就必知道。"

"我不会走，我会永远陪着妈妈。"

妈妈笑出眼泪来。"下星期你与家英就要到英国读书，届时，妈妈不能帮你写《块肉余生》阅后报告，你要自己用功。"

"妈妈，你可会寂寞？"

"一定会，我在蓉岛又没有亲戚。"

"爸是蓉岛人吗？"

"不，他也是华侨，我们在上海认识，毕业后他向我求婚。蓉岛赫昔逊公司愿意聘请他，他带着我南下，你外婆很不高兴，同我说：'月颜，有人问你去何处，记得说香港地区或新加坡，蓉岛是落后小地方，没面子。'"

家真还是第一次听到这个故事，不禁笑出来。

"没想到一过二十多年。"母亲感慨。

"爸在赫昔逊做足四分之一世纪。"

"老板重用他，这些年来筑路建桥，大型基建都属赫昔逊，这间公司一手改变蓉岛面貌。"

"我记得从前有土人敲门来兜售椰子、木瓜、白兰花、木雕这些，最近都没有了。"

"本来这条路过去一点就是村庄，他们过节时唱咏，站园子里都听得见。"

家真记得那些歌，音节简单，但是语气缠绵，家真非常喜欢。

但是父亲皱着眉头否定："家真，勿哼土人歌，也不要喝芭辣汁、椰汁，冰箱里有可乐。"

因为少与土著儿童接触，家真也不懂土语，开口只与他们说英文。

"时间过得真快。"

"有后悔离开父母吗？"

"临走那夜，你外公厉声对你爸说：'许惠愿，你要一辈子爱护珍惜王月颜。'他做得很好，我对这个丈夫还算满意。"

家真又笑。

母亲叹口气。"可是，他的儿子都不羁。"

"也是遗传吧，"家真说，"爸年轻时从上海走到遥远的蓉岛，也需要十二分勇气。"

"也许。"

王月颜把最小的儿子拥抱得紧紧的。

行李都准备好了。

这时，家真才知道家英要读的科目是罪犯学。

"什么，罪犯学？"

"毕业返来，我就是一名警官。"

家真又开始崇拜二哥，警官，多神气。

"我呢，我将来又读什么？"

"你，读纯美术吧，要不就读英国文学，在大学谋一教席，优哉游哉。"

也好，只要可以陪伴父母。

妈妈又叹气。"家华选读政治科学及新闻，不知是否错误。"

家英却顾左右而言他："家真，我送你一件礼物，你会感激我。"

二哥把他带到海边一间木屋。

门一开,一位老太太走了出来,她穿一套旧香云纱衫裤,梳髻,看到许氏兄弟,满脸笑容,每道皱纹都透着欢喜。

她知道他是谁。"家真,我教你咏春拳。"

家英在一边笑。"一技傍身,不怕吃亏。"

家真虽不知道学拳因由,可是每一个男孩对中国功夫都有兴趣,他毫不犹豫地专心学习。

每天下午两个小时,由家英接送。

他学扎马,踢腿,撩手,开头辛苦,渐渐乐趣无穷。

老太太精神矍铄,和蔼可亲,言无不尽,用心教授。

一日,练完拳回家,母亲叫他试一套西装。

家真问:"去喝喜酒?"

"赫昔逊公司请客。"

"我们也去?"

"是,家英与你都有份。"

"大哥可有电话回来?"

"有,他在大马怡保。"

怡保。

忽然听到这两个字,家真的耳朵又烧得透明。

他淋浴更衣。

穿上深色西服的家英异常俊朗，父亲说："来，我们三个许先生一起拍张照。"

家真想念大哥，应当有四个许先生才是呀。

母亲装扮好下楼来，家英迎上去喝声彩："妈妈真漂亮。"

淡绿色乔其纱旗袍及披肩，白色镂空半跟鞋，她身形依然苗条，神情怯怯，还如年轻女子。

一家乘车出门。

赫昔逊家衣香鬓影，外国太太小姐穿着暴露的晚礼服，绫罗绸缎，配金光闪闪的首饰，叫家真大开眼界。

赫昔逊夫妇在玄关迎宾，一见许氏伉俪便说："月颜真是优雅美女。"

又对家真说："你是老幺吧，好一个英俊小生。"

真看不出会像大哥说的那样坏。

白发白须的赫昔逊说："许，我已替家真找到一户好人家做监护人。"

许惠愿笑说："谢谢你，赫先生。"

家真有点不自然，做了二十多年的总工程师，还叫老板先生，Yes sir（是的，先生），thank you sir（谢谢你，先生），主仆关系明显。

话还没说完，赫昔逊同家英说了几句，忽然拍着家英的肩膀笑起来。"好孩子，你回来替我打理警卫部。"

许家英响亮地回答："Yes sir。"

赫昔逊眉开眼笑。

他对许惠愿另眼相看，与他们一家说了许多体己话。

那晚许太太与三个许先生都跳了舞。

她同小儿子感慨说："一有女朋友，就会忘记妈妈。"

家真笑。"好像这是每个母亲的忧虑。"

"因为这件令人伤心的事一定会发生。"

家真把母亲的手放在脸颊边。"不会，我永远陪伴妈妈。"

许太太喝了点葡萄酒，心情颇佳，与两个儿子轮流起舞，音乐曼妙，其中一首曲子，叫《天堂里的陌生人》。

穿着淡绿色乔其纱的王月颜堪称风韵犹存。

那晚尽兴回家，她说："家华也与我们一起就好了。"

"家华去英国读完书就开始反英。"

"怕是在学校里受了点气吧。"

"不是那么简单的事，他反对全世界的殖民政府。"

"你也真是,父子之间搞得那么僵。"

许惠愿提高声音:"我最恨新法育儿:待子女如祖宗,小心翼翼,诚惶诚恐,又谢又歉,放屁。"

他妻子问:"赫昔逊提到香港?"

"他问我怎么看香港的局势。"

"不是要调派你去该处吧。"

"我已婉拒,香港有骚乱,英国人非常头疼。"

"可是也有观察家说当地政府控制大局有余,平靖之后,经济势必如火上浇油,有好几十年繁华。"

许氏抬头想一想。"我已视蓉岛为家,蕉风椰雨,一年四季,单衫一件,优哉游哉,不作他想。"

月颜点头。"知足是你的优点。"

"我已娶得美惠贤妻,夫复何求。"

月颜微笑。

这时,家真躺在小床上,是,就要远赴西方镀金去了。

以后,吃不到老保姆做的家常菜,功课也不能请大哥二哥代做,真不知会否适应。

他看天花板,眼睛好似放映器,把脑海中那个叫怡保少女的倩影打到白色天花板上。

少女细洁皮肤上的小水珠清晰可见，她鹿般大眼，似笑非笑的神情，叫他深深叹息。

家真转了一个身，夜深，气温降低，他憩睡。

过两日他与家英出发往飞机场。

家华一早来送行。

"好好读书，学会他们那一套，以子之矛，攻子之盾。"

家英笑。"好像有点狡猾。"

"那正是他们一贯的行事方法，无论如何，他们办的教育，全球首屈一指。"

他们母亲过来问："三兄弟嘀咕什么？"

她举起相机，替他们合照。

飞机在蓉岛上空打转，郁郁葱葱的雨林自云层看下去十分壮观。家真已经想家鼻酸。

老二拍拍他肩膀。"振作些。"

家真点点头，吸口气。

"一共学了几节咏春？"

"十课。"

"够用了。"

"用来做什么？"

"你马上就会知道。"

到达目的地，家真一看天空，立刻觉得不喜欢：冷阴雾，同七彩斑斓天真热情的蓉岛是个极端。

要在这里待多久？十年？天呀。

幸亏一切有二哥安排，家真懂事，再不高兴，也不敢表露出来。

电话中他同母亲说："学校有极之壮观的暖水泳池及足球场。"

开了学第三天他就感激家英叫他学咏春。

在操场，三个洋童朝他走来，先喊他支那人，然后，一个伸手拉他，另一个抬脚绊他，第三个，这个最坏，站一旁嘻嘻笑。

眼看许家真会跌得头破血流，可是他学过咏春拳，本能地以力借力，平衡身子，避过一脚，转身向那洋童足踝踢去，手搭在另一个人臂上，顺手一拉，顿时两人被家真打跌在地。

不要说是他们，连家真本人都愕然。

从此以后，他对咏春拳佩服得五体投地。

当下，他看看那两个顽童，一声不响地回到课室。

从此以后，再也没有人来挑衅。

家真的功课由标准乙级晋升为甲级。

他的监护人是赵彦俊教授，看到这类优秀成绩也不禁笑说："好家伙，你绝对可以约会我的女儿。"

可是那三位赵小姐都不是他喜欢的类型，她们也都已经有小男朋友。

春去秋来，冬季时父母来探望过他。

许先生大吃一惊："家真，半年内你竟长高了四英寸。"

可能是夸张了一点，但家真绝对有急速长高兼增磅。

"喜欢留学生涯吗？"

父母花了那么多金钱心血，他能说不喜欢吗？

事实上他恨恶清晨到草地打英式足球，也讨厌整队男生脱光光淋浴，可是都说不出口。

母亲轻轻说："报载查尔斯王子不喜寄宿生涯，同太后外婆诉苦抱怨，太后劝慰：'你将来是一国之君，这些琐事必须忍耐。'"

家真笑而不语。

稍后说："过年我想回家吃炒年糕。"

他父亲说："不，过年你与家英到加拿大学滑雪。"

家英欢呼，家真叫苦。

家真忽然问："大哥好吗？"

母亲略为沉默，片刻才说："他在一间华文中学教书，并且参加一个叫'全民会'的组织。"

家英担心。"不是黑社会吧。"

"不，不是那种为非作歹的组织，这个会，专为土著争取权益，促政府赔偿土地，增加福利。"

家英担忧。"这岂非与官府对着干？"

许先生转过头来。"你们在说什么？"

许太太立刻噤声，换了题目："要替他们买滑雪工具。"

家英说："我打算租用。"

话题没继续下去。

父母走后，家英才与小弟说："大哥是天之骄子，政府无论哪个部门都欢迎他任职，步步高升，指日可待，他却偏偏走相反道路。"

家真说："大哥有理想。"

家英笑。"我的理想是买一部兰博基尼君达号跑车以及同环球小姐订婚。"

家真笑起来。

"小弟你呢?"

家真笑答:"回家陪妈妈。"

"这是一个值得敬佩的抱负。"

家真完全不知道他应该做些什么,美术、科技,都不是他最喜欢的项目,运动,锋头,也非他所好,老实说,他只想回家。

他只想再看那蜜色皮肤的少女一眼。

那一年,他们到加国魁省滑雪。

几个漂亮的法裔女生与家真讲法语,他不懂应对,有点难为情,返英后开始学习法文。

暑假,父母希望他去欧洲见识,家真忽然生气,涨红面孔说:"我要回家!"

家英帮小弟,同母亲讲:"他从来没有那样激动过。"

家真终于回到许宅熟悉的小小寝室。

环境变迁。

原本静寂的住宅区附近开出新路,设计了许多回环路,

划出扇子型地盘，盖了数十幢新式洋房，每隔一会儿便有
名贵大房车嗖一声经过许宅大门，用人抱怨家中灰尘增加。

家英说："可见都会中富户激增，都是靠炒地产起家。"

母亲盛出绿豆米仁粥来，轻轻问："你有女朋友没有？
千万不要在结婚翌日才通知父母。"

家英做作地吸一口气。"谁会那样做，谁支付婚礼费用？"

"唉，当然是应付那些没有能力的父母。"

家真笑。"二哥有不少女友。"

家英想一想。"尚无一人有资格可见家长。"

"希望没有脸上描花吃迷幻药的那群。"

家英举起双手。"保证没有。"

"家真你呢？"

家真嗅着案头浸在碟子里的白兰花，心满意足，什么
也不讲。

手臂上有蚊子咬过肿起的癍痕，但是，他天生是热带
人，酷爱热带生活，毫不抱怨。

母亲似乎消瘦了，像有心事。

"可是因为大哥？"

"他没事，他在香港。"

言犹未尽，好像还有下文。

母亲接着说："他的一个淘伴却被捕入狱。"

家英警惕。"谁？"

"可别向父亲提起这件事。"

母亲进书房取出一份简报。

英文报刊上只有小小一段，以及一张照片。

家真认得相中人面孔。

那正是大哥的朋友，一年前家真见过他，当时大哥也在身边，家真觉得背脊一股凉意。

"什么理由？"

"他逃避兵役。"

家英问："这不是真实原因吧。"

"你爸担心，设法把家华叫来，强逼他到香港去读硕士课程，香港此刻平静无事了。"

"大哥愿意去吗？"

"我求了他一夜。"许太太黯然。

家英不悦。"家华凭什么叫母亲伤心，母亲属三兄弟，大家拥有，我不想看到母亲憔悴。"

许太太叹口气，握紧家英双手。

许先生下班回家，腋下夹着大沓图则。"你们见到母亲总有讲不完的话，往往我一出现就立刻噤声，何故？"

家真赔笑。"爸可忙？"

"赫昔逊要建新飞机场了。"他喜气洋洋地宣布。

家英讶异："如此大机建无须投标？"

许先生哈哈笑。"可不就是中标。"

家英很高兴。"爸，几时动工？"

"明年五月动土，预计三年完成，届时蓉岛会成为东南亚首屈一指的运输站。"

"爸，祝你马到成功。"家英真会说话。

许惠愿合不拢嘴，摊开图则。"看这个，这是华美银行东亚总部，楼高四十层，明年秋季兴建。"

"哗，美轮美奂。"

"像未来世界科技中心。"

"市容将大步跃进。"

家真悄悄推着脚踏车出去。

那棵大榕树风姿依旧，难得有人觉得树在世上也有地位，建筑商用红砖把它的根部围圈保护起来。

家真走近轻轻触摸树须。

一个穿白色短裙少女走近招呼:"你好,住第几号?"

"三号。"

"呵,是许先生家,你爸是工程师,"少女十分机灵,"你将来也做工程师吗?"

家真受到她的活泼感染,笑了起来,但是一声不响,推走脚踏车。

不,她也不是他喜欢的类型,所以,不必理会她的姓名。

家真去找他的损友钟斯。

应门的是一个华人太太,觉得门外少年彬彬有礼,不介意多说两句。

"钟斯家今年三月搬走了,听说回英国去了。"

"有无新地址?"

"我们不是他朋友。"

"是否一整家走?"

"这也不清楚。"

家真道谢离去。

怅然若失的他猜母亲或许会知道端倪。

"钟斯无故搬走。"

"他父亲合约届满,无法续约,只得打道回府,听说去澳洲碰运气。"

"为何没有新约?"

"蓉岛此刻渐进式实施本地化,像钟斯这种外国人,地位中下,却要派一个翻译给他,多麻烦,必受淘汰。"

家真仍觉蹊跷。

他不安,不是因为他的缘故吧。

"钟斯可有跟他父亲走?"

母亲温言劝说:"家真,人来人往,天明天灭,都是平常事,旧友走了,又有新友,何用念念不忘。"

"是,妈妈。"

"好好享受这个暑假。"

"妈妈,附近土著都搬到什么地方去了?"

"有容纳他们的新市镇。"

家真还想再问,许先生放下报纸说:"家真,蓉岛这个城市华洋杂处,井井有条,政府打理得很好,无须你这名初中生担心,你做好功课是正经。"

家真噤声。

家英趁暑假到赫昔逊实习,家真陪母亲进出如贴身膏药，把许太太哄得笑逐颜开。

每天清晨他陪母亲游泳跑步，然后去商场购物，到社区中心做义工，下午喝茶看戏，与其他太太聚会。

家真永不言闷，陪伴左右，填充母亲寂寥。

母亲总把他的手握紧。

妈妈一双玉手渐渐也露出青筋，儒雅的她说话益发小心，最喜打理园子，或是看书，很容易紧张。

"妈妈老了。"

"人总会老的啦。"

"真无奈。"

"妈妈老了也好看。"

母亲微微笑，凝视小儿。"家真是上主给妈妈的宝贝。"

父亲在赫昔逊步步高升，此刻公司派了司机及大车接送他上下班。

他带家真到公司看他那对着蔚蓝海港的宽大办公室。

年轻女秘书招待他茶水，忽然艳羡地说："你看令尊多能干。"

家真一怔，随即缓缓答："你自己能干岂非更好。"

秘书小姐有顿悟。"是，你说得对。"她笑了。

连家中都大动土木。

许先生把花槽掘走，扩建书房，十来株栀子花被摔到一角由垃圾车载走。

家真看见，"啊"一声，心痛入骨，动弹不得。

老用人也站在一旁惋惜不已。

家英劝说："家真像妈妈，时时伤春悲秋，植物并无感情，况且，时代巨轮必须推进。"

于是，连一列夹竹桃也一并载走，因为报上刊登消息：这类植物含有剧毒。

而芭蕉叶又大又难看，下雨时滴滴答答，扰人清梦，全部铲清。

许先生说："土气尽除，焕然一新。"

他叫园丁改种粉红色的玫瑰花。

整个市容也与许宅一样，去旧立新，大厦一幢幢建起，盛行采用一种冷冰冰的绿色反光玻璃墙幕，据说由法籍建筑师凯布寺爱始创，全世界跟风。

蓉岛风貌渐渐改变。

家真想，下次再回来，不知会变得怎样。

暑假过去了，家英与家真返回英国。

在飞机上，家英问："有无与家华通电话？"

"讲过几句。"

"他的声音依然豪迈热情。"

"早知你我到香港探访他，不过几个小时航程。"

"爸不允许，说叫他面壁思过，不许纵容他。"

"这里有张照片。"

家真一看，是大哥近照，他坐在一只小艇上，双手握桨，身边坐着个面孔秀美气质清丽的少女，两人都穿白衬衫卡其裤，十分配对。

"这是什么地方？情调甚佳。"

"香港荔湾。"

"好地名，有嫣红色荔枝吗？"

"也许以前有，可是你看照片，远处正在建行车天桥。"

家真只得问："这是大哥的女友？"

"也许是，"家英说，"家华最英俊，穿白衬衫都那么好看。"他怪羡慕。

飞机一进到英法海峡天空便浓雾密布，家真苦笑，据说二次大战就靠着永远不散的雾阵包围了大不列颠：纳粹德军飞行队是真看不清地面情况。

读书也似行军。

每日上学放学，做完功课已经筋疲力尽，有时躺在床上看牢天花板，未熄灯脱衣裤就可以昏睡到天亮。

同学笑他"许你每样功课都交齐当然累死，做三份已经足够及格"，可是家真也会苦中作乐。

他脑海中有一倩影。

一日在宿舍楼梯看到有人穿蜡染纱笼，他几乎鼻酸，立刻追上去细看。

却是个男学生。

是，男女均可穿纱笼。

纱笼是指一块布围着腰身转几转打个结的热带土著服饰。

那男生问家真有什么事。

家真不语离去。

在藏书三十万册的图书馆，同学们围观刚刚面市的影印机。

"真好，以后不必抄写了。"

"也不必用复写纸。"

第一代影印机用的是药水，湿漉漉的有点模糊，但是大家已经心满意足。

"校长室还有一架传真机，可要去看看？"

"嗒嗒嗒打出最新新闻，十分有趣。"

"将来会否每张书桌都有一架？"

"十年内可以实现。"

"十年，那么久？"

"十年后我都大学毕业在做事了。"

"家真。"他们叫他。

"什么事？"

"寒假到美国科罗拉多州阿斯彭滑雪，你去不去？"

"我——"

"别扫兴，快说去。"

"去。"

滑雪胜地也有书店，许家真在那里打钉。

两天后他发觉有一个女孩子与他有同样嗜好。

她在看各式地图。

怕冷，穿厚毛衣，连手背都遮住，稚气可爱。

书店可喝咖啡，他多买一杯，放在她的桌上。

她抬起头来笑。

她伸出手来。"我叫罗一新,香港人,在英国读书,打算升美术系。"

两人坐下来聊天,书店静寂,几乎没有生意,他们坐了很久。

双方像是有许多共同点,坐在炉火边,谈个不休。

罗家代理名牌化妆品,是一门绮丽的生意,家真也略提及自己的背景。

罗一新听说过赫昔逊。

她说:"许多人说蓉岛真正的统治者是赫昔逊建造。"

家真笑。"是吗,我也听说香港真正掌权的是赛马会。"

大家都笑了。

假期后两人继续谈心。

大家都知道家真有这么一个小女朋友。

家英向母亲报告:"华裔,十六岁,家境很好,有点矜持,相貌娟秀,在美国认识,也真有点缘分。"

一日,家真在学校操场打英式足球,雨后,浑身泥浆,喘气成雾,忽然有校工叫他听电话。

他知道是有急事。

电话接到校务处。

是家英找他。

"小弟，听着，家里有事，马上收拾行李，我半小时后来接你去飞机场。"

"什么事？"家真一颗心像是要跃出喉咙。

"妈妈昏迷入院。"

家真手中的电话咚一声掉下。

他只来得及通知罗一新一人，就与家英赶回家去。

在飞机上家英给他看《蓉岛日报》的一段新闻剪报。

"警方突然起诉今年三月举行及协助未经批准集会男子许家华，控方指案中将有十八名证人，有人认为事件是政治检控。"

家真背脊都凉了。

"怎么一回事，他不是去了香港吗？"

"上月他回家，数天后警方便将他拘捕，母亲受到刺激，忽感不适，入院医治，发觉心脏有事。"

家真握紧拳头，巴不得飞往慈母身边。

"大哥为什么回家？"

"听说他的同伴召集他。"

"那些人比父母家庭更重要？"

"你亲口问他好了。"

家英气愤不已。

一抵埠许家司机便把他们送到山顶私家医院。

母亲已经苏醒，正由看护喂食。

老用人看到他们，如获救星，立刻迎上来说："先生到印尼开会，刚刚回来。"

家真即时过去蹲到母亲身边，家英接过看护工作。

他们母亲微笑。"你俩气色很好。"

家真闻言鼻酸，他身上还穿着整套球衣，十万火急赶回，一身臭汗。

母亲轻揉儿子头发。"我做梦呢，还像少女，穿着蓬蓬纱裙预备出去无忧无虑跳舞，男朋友开了车子接我……"她没有提到家华。

医生给她注射，她沉沉睡去。

家英看到医生有深色皮肤，姓鸭都拉，有点不自在。

他在电话中找到马律师，商量几句，意外地与弟弟说："原来鸭都拉是名医。"这才放下心来。

医生把病人情况向他们解释一下。

一听到"无大碍",两兄弟坐下喘息。

家英握紧拳头。"我永远不会原谅家华,他完全不顾亲人的感受,恣意而为,自私到极点。"

"他的出发点——"

"无论他有多伟大崇高的理想,一个人有什么理由叫家人如此困扰。"

家真不出声。

"我没有这样的大哥!"

这时马律师出现。"看到你俩真好,我带你们去看家华,你爸也在那里。"

家英抹去脸上的汗。"我不去,我留下陪母亲。"

马律师问:"你呢家真?"

家真跟在马律师身后。

到了拘留所,马律师带着家真走进探访室。

家华满面胡子,穿着灰色制服,看到律师,站起来吁出一口气。

家真走近,双腿颤抖,拘留所凝重的气氛叫他害怕。

家华把手放在小弟肩膀上,一言不发。

家真发觉他眼睛、脸颊、手臂全是淤青。

他挨过毒打。

这时，许惠愿来了。

他一见大儿，一言不发，伸手就打，家华脸上重重着了一记耳光，退后两步，鼻子立刻喷出血来。

许惠愿还要再打，律师及制服人员立刻制止。

家真不顾一切扑上去抱着大哥，用身躯保护家华。

这时他虽然没有家华高，但是也挡住他大半。

家真腿上挨了父亲几下踢，痛入心扉。

许惠愿被按在椅子上，他咬牙切齿地说："我情愿生一个吸毒子！"

他气喘喘地走出拘留所。

马律师叹口气。"家华，你父已替你办妥保释，这次他使尽了人情，用尽了关系，你才免受牢狱之灾，以下是我的忠告：你有话要说，不妨到英国海德公园。"

家真仍然紧紧抱着大哥。

他静静落下泪来。

马律师说："这次，你去澳洲悉尼，单程飞机票，好好韬光养晦。"

从头到尾，许家华没吭半句声。

马律师叫家真："你爸等你呢。"

回到家，一进大门，只觉全屋都是新装饰，他推开房门，松口气，幸亏小小寝室如旧。

他累极倒床上。

梦中看见有人走近，轻轻问："痛吗？"

那声音像天使一样温柔动听。

他看到那蜜色皮肤的少女凝视他，褐色大眼充满关怀怜悯，嘴角含笑。"痛吗？"

家真点点头。

这时，他醒了。

家英推门进来，"家真，有朋友找你。"

"找我？谁？"

"罗一新自伦敦赶来看你。"

"啊。"

"家真，对一个少女来说，这是很勇敢的示意行为，请珍惜她的心意。"

"我明白。"

家真匆匆走进会客室，一新满面笑容。"家真，我来支持你。"

家真忍不住，与一新紧紧拥抱。

"你的功课呢？"

"纯美术，没有习作。"

家真不由得感激。

家英仿佛已经取代大哥的位置，他笑着进来说："我已邀请一新在我们家小住做客，家真，你带一新参观蓉岛。"

家真点头。

翌晨，探访过母亲，他俩由司机载着环游蓉岛。

游遍了所有名胜点，家真忽然问司机："是否有一所新市镇？"

司机点头。

"可以载我们去看看吗？"

"那不是观光区。"

"请把我们送到那里。"

司机无奈，只得开车驶去。

蓉岛之春

贰·

一个人想存活下去，
真得有通天彻地的本事。

新市镇离市中心三十分钟车程，家真只怕是简陋木屋，但是却看到十几幢灰色的钢筋水泥高楼，密密麻麻的窗户，一幢可住千百户人家。

人来人往，异常拥挤，老人小孩挤在走廊中玩耍聊天，甚至捧着饭碗兼洗衣服，乱且脏，他们已完全失去本身文化及原有的生活方式。

一新不愿意深入探险，拉一拉家真。"走吧。"

她的爱是狭窄的。

对比之下，家华一直为土著争取，那种爱，广博伟大，可是无人欣赏。

——把土著赶在一堆，免得他们闹事。

他们有碍市容，故此远远放逐。

家真想到大哥说过:"这原是他们的土地,他们的河流,他们的森林。"

现在,他们只余一格水泥狭窄的居所。

那蜜色少女也住在其中一格吗?

一个十一二岁的女孩抱着婴儿走出来,凝视生面人。

她也有相似的褐色大眼,瞳孔似映出遗传的河光山色大红花,但这一切渐渐隐去淡出,原始的天真自由均被灰色水泥森林占据。

一新又轻轻说:"走吧。"

家真不得不离去。

经过一片空地,有群少年在踢球,一个足球飞出来,不知是有意还是无意,险些打中一新。

大块头司机怒目相视,其中一个少年赔笑着走过来讨球。

家真息事宁人,把球抛过去,少年接住。

忽然他叫出来:"许家真,是你吗?"

家真凝神一看。"钟斯,"他大声喊,"好家伙,是你,钟斯。"

可不就是混血儿钟斯,头发鬇乱,眼珠黄黄,皮肤晒黑许多，可是还是有点脏相。

司机立刻说："我先陪罗小姐返回车子，家真，你马上回来。"

司机当新区如瘟疫地。

家真握住钟斯的手。"老友，别来无恙?"

钟斯黯然无言。

"喂，好汉不论出身。"

钟斯强笑。"是，还有大丈夫能屈能伸，华人最擅长这些空话。"

家真问："现在你住这里?"

司机待罗小姐上了车，关好车门，站车旁监视。

"是，我父一去无踪，偶尔邮寄家用回来，我只得与母系亲戚厮混，一辈子去不了英国。我此刻在本地学校读书，交了一大堆新朋友。"

汽车响号。

"叫你呢。"

钟斯转头，回到他的球场，他的世界。

家真还想叫他，但觉于事无补，只得静静上车。

一新松口气。

司机迅速把车驶走。

傍晚，家真问二哥："怎样寻人？"

家英诧异："你要找谁？"

"譬喻，我想找一个失散的友人。"

"登报，委托私家侦探，报警。"

"蓉岛此刻也百余万人口，茫茫人海，不易寻获。"

"家真想找谁？"

罗一新看着他，觉得小男友像放在她面前深奥的一本书，封面还未曾打开，扉页说不定已经是个秘密。

家英拍小弟肩膀。"明日接妈妈出院，后日回去读书。"

家真不语。

"我们算是幸运，你看本地只有一间英语大学，打破头才进得去，学生通通读得千度近视，佝偻背脊，死背书到深夜，除却应付考试，一无所知。"

一新笑笑。"香港也是。"

这时家真想起来说："大哥讲过，香港有一个好处：吃得起批评，人没骂他，他自己先骂起来，言论自由。"

家英不想提到家华，走进书房。

一新趁没人，探过头去，轻轻问："你要寻找谁人？"

家真鼻端闻到一股香氛。

一新微笑，扬起手腕。"这是我家代理的波斯大马士革玫瑰油，真好闻可是？"一新的世界温馨旖旎。

母亲出院时用一方丝巾遮住面孔挡风，她瘦削如影子。

两兄弟担心她的健康。

家英说："妈，再过一年多我就回来。"

"照顾弟弟。"

尽管许家也有不如意的事，他们却不会为来回的飞机票费用担心。

回程中家真把母亲十年前的小照给一新看。

"那时妈妈多丰硕。"

"这手抱的小胖子是谁，哇哈，是许家真吧。"

家真腼腆。

"许伯母真幸福，你们两兄弟那样爱惜她。"

"是她首先无微不至、全力以赴地爱护我们，妈妈对我们从不藏私，绝对容忍。"

一新看着他。"假如有一日，要你在妈妈与妻子之间选一个，你怎样做？"

家真笑。"我没有妻子。"

"将来呢？"

"我妻子必须明白。"

"倘若她不了解呢？"

"我不会与她结婚。"

"或者已经结婚呢？"

"我只得一个母亲，我一定要侍奉母亲。"

"啊，好孩子。"

"谢谢你。"家真无奈接受揶揄。

因为大哥叫妈妈伤心，家英家真想尽办法补偿。

接着一年，家华音讯全无。

家真发育得很好，与二哥一般高大，宽肩膀，浓眉大眼，不常笑。更不大说话，可是脸上一股憨厚特别讨人喜欢。

华裔女同学喜欢借故兜搭，可是罗一新时时骄傲地回答："我先看到他。"

这是真的。

与别的年轻人不同，家真喜穿西服，即使穿牛仔裤，他也加一件外套，品学兼优的他是罗家心目中的未来好女婿。

罗氏对家真说："随时欢迎你来香港，观光，小住，发展，我们愿意做东。"

一新笑得合不拢嘴。

她觉得女子结婚最佳年龄是十九到二十一岁，迟了就来不及了。

那时，一般人想法如此：女生的大学文凭，是名贵嫁妆，并非到社会搏杀的盔甲。

整个社会都那样想，也就没有什么不对。

小小罗一新一早就有结婚念头。

可是，她还得等许家真到二十一岁，那真是段漫长的日子。

自足球场走到实验室，从演讲厅到宿舍房间，家真知道这是他的流金岁月，但是，为什么还这样苦闷呢？他学会喝基尼斯班品脱，也学会同蓝眼金发女说："今晚不，我有点累。"

家英毕业回家，他雀跃。"好好照顾妈妈。"

家英笑。"你照顾自己。"

家英到赫昔逊任保安主任一职，与父亲做了同事。

家真有空回去探访二哥，只见他英姿勃勃，有股煞气，他扬起外套衣襟，给小弟看他佩戴在腋下枪套里的手枪。

小小的精致皮制枪套用带子系紧在肩膀上，一伸手便可拔出枪械，家真看得目瞪口呆。

"为什么配用武器？"

"地方有点骚乱。"

"何故？"

家英沉默。

"有什么事？"

许惠愿答："蓉岛酝酿独立运动，英国人行事小心，不怕一万，只怕万一。"

"家英，你是赫昔逊私人保镖？"

"家英一组人保卫整座赫昔逊大厦，最近大厦装置精密监察系统，都是家英的杰作。"

"爸太过奖。"

"用来对付谁，土著，华裔？"

许先生忽然说："妈妈叫你呢。"

家真到园子里看母亲，蹲在她身边。

"决定读哪一科？"

"妈妈可有主意？"

"到名校做牛后也有划算。"

"妈妈真可爱，那就到剑桥挑一项像中东历史之类的冷门学系来读吧。"

母亲展齿而笑。

家真把头埋在母亲手中。

"学校有什么趣事？"

"有，听这则：华人同学会到大使馆借资料，大使亲自招呼我们，有几个同学忽然热血沸腾，表示要回国服务，原以为大使会很感动，谁知大使笑笑说：'同学们在海外做好工作，等于为祖国服务。'嘿，才不要我们这帮少爷兵呢。"

母子笑得弯腰。

"家真，见到你真好。"

"大哥有消息吗？"

母亲摇头。

"大哥不是在悉尼吗？"

母亲黯然。

"大哥——"

家英出来。"家真，做了你最喜欢的糖藕，还不进来？"

家真轻轻说："我都快上大学了，还什么都不对我说。"

除了他，无人再提起许家华，家里像从来没有这个人似的。

不久前装修时，把他的房间改成客房，把他留下的衣物、书本、奖杯、纪念旗……当垃圾般丢出去。

家真见家人的时间已经不多，即使提到"大哥"二字，立即就有人来阻止扯开，叫他不得要领。

家真尝试到图书馆、报馆寻找资料，一无所获。蓉岛并无资料库设施，市民该知消息，由政府新闻处发布，交由当地报章刊登，如不，则消息知来无益。

渐渐地，家真把大哥放在心底，他生活中有了一新，不愁寂寞。

罗家极至厚待他，但凡一新有的，家真也有，衣食住行都尽量体贴照顾，无微不至。罗太太是个略胖、爱打牌、整日笑嘻嘻的中年太太，常常选用名贵漂亮但完全不适合她的衣饰，却一点也不讨厌。

罗太太与家真母亲是两个极端。

家真猜想一新到了中年，也会像她母亲那样，成为家中的欢喜团。

那多好，家真不愿在公司辛苦一日回到家里还得应付愁眉苦脸。

这是他父亲不大回家的原因吧：出差，开会，加班，在家时间越来越少。

那次回到学校，家真立刻告一日假跑到澳洲大使馆。

接待他的是一名年轻女职员，看到英俊高大彬彬有礼，一口标准女皇英语的华裔青年不禁意外。

家真把他的证件拿出来。

那位女士看过了。"你是蓉岛公民，最近蓉岛有许多人移民澳洲，你可知道？"

"我略有所闻。"

"我可以为你做什么？"

"我想寻人，这是我大哥许家华，他在悉尼大学读书，近日失却联络。"

"你为什么不去函悉尼大学？"

"我曾去信大学，他们迟迟未有答复。"

"你们可有通知警方？"

"他是成年人，警方不会在意。"

那位女士说："我们并不处理外国居民事宜。"

家真低头不语。

"也许，把那人的文件副本留下，有时间的话，我替你处理。"

人家已经很客气，家真只得站起告辞。

那位女士却还有话要说："你打算留下升读大学？"

许家真点点头。

"据我所知，英政府会主动邀请若干大学生入籍，那是好机会。"

家真一怔。

"不然，到澳洲也好，我们欢迎你这样的人才。"

家真抬起头来。

"蓉岛局势不大稳定，在可见的将来，必有巨大变化。"

啊。

家真定定神。"不知几时可以得到我大哥的消息？"

"你很幸运，大使馆刚刚装置妥电脑设备，很快可找到资料。"

"电脑……"

"你有兴趣学习电脑？这将会是最热门的实用科学之一。"

"多谢阁下赐教，我由衷感激。"

那位女士似乎对他有极大好感。

一新的车子在门口等他。

"我约了人去比芭看时装。"

"那么，我自己乘车回家。"

"我怎么会丢下你一个人。"一新笑嘻嘻的。

"明年我也可以拥有驾驶执照，届时不必麻烦你。"

"我父亲说，蓉岛如果不适合居住，你可以到香港发展。"

"我觉得蓉岛仍然很好。"

"你真是感情动物。"

过两日，领使馆叫他前去会晤。

仍然是那个年轻女职员与他讲话，她轻轻说："你大哥许家华已于今年二月离境。"

"他不在澳洲？去了何处？"

"我们没有追究，他在校成绩优异，但他亦是一个麻烦人物。"

家真抬起头来。

"他在校短短一个学期，组织学生会，对抗种族主义，搜集华裔受歧视证据，制造声响。"

家真震惊，但不觉意外。

"许家华突然离校，坦白说，校方松一大口气，但是他所组织的学生会却有承继人，并没有解散，这一股势力已经形成，多谢许家华。"

"资料这样齐全，你们一定知道他去了何处。"

女士摇摇头。"我们真的不知道，也不关心。"

家真呆半响，再次道谢："贵国慷慨热诚，我永志不忘。"

女士微笑送他出门。

大哥失踪。

听了领使馆女士的一席话，胜读十年书，家真心中种下两棵幼苗：一是电脑学系前途无限；二，如果可入英籍，何乐不为。

前者值得考虑，后者，他存疑，他打算毕业就走，十年寒窗，说什么都受够，谁愿意在阴雾中生活。

年轻的他没想到护照是一本通行证，与精忠并无关系。

毕业回家，父亲送他一块金表。

母亲脸上增添笑容。

蓉岛市面看不出任何不妥的地方：经济欣欣向荣，新型建筑物林立，街道整齐。

家英已获荣升，意气风发，他搬到自己的公寓住，装修亮丽，家真看到寝室有一双俗艳的粉红色缀羽毛高跟拖鞋。

家真微笑，拖鞋主人与家英同样坏品味。

家英问："一新未有与你同来？"

"她到香港探望父母。"

"你们已经锁定对方了？"

家真只是笑。

"她比你大两岁，懂得照顾你，性格天真，容易应付，她会是个好伴侣。"

"我没想过要应付她。"

"将来你会知道。"

家英笑了。"可要我带你参观红灯区？"

家真反问："为什么叫红灯区，真的亮着红灯？"

"像肉食档用红色灯泡一般，照得肉色看上去娇嫩一点，吸引顾客。"

家真骇笑。

两兄弟无所不谈，家里又热闹起来。

家真到赫昔逊建造探访父亲。

赫昔逊本人出来招待，他精神饱满，白发如昔。

"家真，你将读电脑？好极了，听说美国人致力发展小型私人电脑，已有若干眉目，你刚好搭上头班车，三年后回来帮我把赫昔逊电脑化。"

家真只是赔笑。

父亲叫他到会议室旁听，他想婉拒，受家英眼色制止。

那日不知看一个什么大会，黑压压坐满上中下三层职员，约莫四百人，许家真坐到最后排。

他看不到发言人，大概是总经理吧，英语带粤语口音，虽然尽量抑扬顿挫，感觉仍然有点滑稽。

最叫家真讶异及难堪的是这个人狂妄自大的语气，每句话都用英文"I"开头：我如此如此，我这般这般。

他把"I"字母说得很重，发音像极普通话中的"爱"。他爱完又爱，像土霸王似的说了很久，员工毕恭毕敬地聆听。

家真到底年轻，他轻蔑地笑了。

这人以为他是谁？

这人不过受聘在殖民地英资机构做一名高级职员。

薪酬及福利也许很好，甚至太好，但不过是一份优差，先生，工作不同事业，阁下迟早有退休走路的一日。

是这种人令得殖民政府背负上恶名吧。

他那爱的演讲终于结束，家真站起来，发觉他原来是一个肥胖的中年男子，气焰高涨，嘴脸可憎，嚣张地仰起头，目中无人地迈步走出会议室。

家真问："这是谁？"

家英答："副总裁，地位与父亲相等。"

"你属谁？"

"我直属赫昔逊。"

家真微笑。"你真幸运。"

"曹先生是一个十分能干的主管。"

"是吗，恭喜你。"

"家真，你的口气像足家华。"他十分吃惊。

这是家英近年第一次提到大哥的名字。

家真轻轻说："或许，家华有他的道理。"

他没有告辞，擅自离开赫昔逊建造。

回来替赫昔逊工作？不必了。

回到家，才觉得自己反应过激。

母亲在客厅插花，他陪了她一会儿，情绪渐渐平静。

二哥回来，家真上前道歉。

家英把手搭在他肩膀上。"像你这样年纪，一定反叛，荷尔蒙作祟，怪不得你大脑，趁一新在娘家，我们出去逛逛。"

家英把他载到红灯区。

"你时时来？"

"哟嗬，千万别误会，我不是那种人，我不过陪你来观光，好的坏的，黑的白的，全要见识一下，你说可是？"

黄昏，天边映出浅紫及橘红晚霞，明澄天空，新月淡淡挂在天边一角，明明是南国美景，可惜夜市已经启动。

小小酒吧传出音乐，保镖与夜莺站在门口招徕客人。

见到年轻英俊的许氏兄弟，喜出望外，急急兜搭。

"进来看看，欢迎参观。"

"第一杯酒免费，快快进来。"

那声音好不熟悉。

　　暮色中红灯亮起，衬着人面煞是诡异，家真把声音的主人认了出来。

　　"钟斯。"

　　那保镖一愣，抬起头来，站起。

　　可不就是钟斯。

　　家英也笑。"我过对面马路看看，你们慢慢聊。"

　　"钟斯，你在此地。"

　　他身后的招牌叫莲花酒吧。

　　"许家真，人生何处不相逢。"

　　"生活如何？"

　　"好，好。"他点起一支烟遮窘，深深吸一口。

　　"你母亲好吗？"

　　"回雅加达依靠亲戚去了。"

　　"父亲可有联络？"

　　钟斯摇摇头。"喂，别太关心我家人好不好？"

　　家真由衷地说："我挂念你。"

　　钟斯看着他。"都说是我带坏你，可是你看，你自己也跑到这里来。"

　　"钟斯，你还记得那次偷窥？"

他茫然。"偷看，偷看什么？"他竟不记得了。

家真轻轻答："出浴。"

"呵，今晚刚好有表演，我请客，把家英也叫来。"

他吹声口哨，家英在对街走回来。

两兄弟在钟斯的带领下走进酒吧。

一个冶艳的年轻女子在台上跳舞，她穿白色极薄如蝉翼般的纱衣，贴在肌肤上，宛如第二层皮。

她有深色皮肤，光滑晶莹叫家真想起一个人。

不，但她不是她。

女郎做出种种诱惑眼神及姿态，最后，她提起一桶水，淋到自己身上，薄纱衣湿了水，把每一寸身段都显露出来。

她像煞了一个人，但还是她。

这时钟斯嘴角叼着香烟走近。"你想看出浴，这不就是出浴。"

家真掏出钞票，塞到钟斯手中。

钟斯说："你知道在这区可以找到我。"

兄弟俩离开那简陋嘈吵的小酒吧。

家英说："类似场所，相同表演，越看越没有味道。"

家真笑笑不出声。

再次看到钟斯，叫他安慰。

"钟斯怎么生活得像老鼠。"

"他父亲找不到工作，一走了之，不再照顾他，他成为孤儿。"

家英转变话题："你决定赴美读大学？"

"加州理工录取我。"

"好家伙，抢我风头。"

家真腼腆地笑。

"爸希望你选帝国学院。"

"我想见见阳光。"

"都是世界文明的一级学府，错不了。"

"家英，在海外，你可有听到关于蓉岛局势的事？"

"那些都是谣言，国与国之间，同人与人的关系相似，彼此妒忌，有人看不过蓉岛繁荣向上。"

"为什么有移民潮？"

"哎，人各有志，数百年来一直有人移居海外，有什么稀奇。"

"爸有什么话说？"

"爸忙工作，他正参与兴建新飞机场，哪里有空理会谣言。"

"这么说，许家不打算搬迁。"

"家真，我们做得这样好，成绩斐然，何必思迁，是那些不得志的人，以为去到外国，会别有洞天，真是异想天开、天方夜谭。外国有什么不同？还不是资本主义，金钱挂帅。"

家英讲得头头是道。

他问小弟："与一新结了婚，会否去香港发展？"

"我一定会留在母亲身边。"

"这句话你自小说到大，希望会得实践。"

"妈的身体大不如前。"

"她寝食不安。"

一日半夜，许太太突然跳起来，侧耳细听。

她急急敲小儿的房门。"家真家真，起来。"

家真惺忪地问："妈妈，什么事？"

"电话铃响了很久，是否你大哥家华找我们？快去听。"

家真即时清醒，跑出房间。

哪里有电话铃。

屋里静寂无声，什么声音都没有。

"家真快去听电话呀。"

家真紧紧搂住母亲，他流下泪来。

看过医生，只是说神经衰弱，耳鸣。

那一年，家真带着母亲到加州，原先租了一间小公寓，许太太看了，觉得狭窄，在旧金山电报山自资置了一层较大的公寓，那地段、环境自然大不相同。

她轻轻说："来日你结婚，这房子作为礼物吧。"

"妈妈，届时我自己有能力。"

一新在旁拉了他一下。

他俩陪母亲到纳帕谷参观酿酒。

许太太戴着宽边草帽，在山谷漫步，品尝名酒，又有小儿细心服侍，觉得上天待她不薄，渐露笑容。

她喜欢吃海龙皇汤，家真天天到餐厅打听有无新鲜鱼货，又吩咐蒜茸面包必须做得极脆……

一新说他待母至孝。

家真说："我不过是无事殷勤。"

一新问："假如母亲与我一同遇溺，你救谁？"

家真笑笑："你会游泳。"

"嘿!"

"别老提这种无谓问题。"

许太太本来住几天就走,可是家真热诚款待,她竟住了个多月,不但晒得一身健康肤色,且体重增加。

每逢周末,家真载她到处走,他们甚至到迪士尼乐园排长龙,吃冰激凌,看烟花,买米老鼠手表。

家英见母亲乐而忘返,也赶来会合。

一见新居露台看出去的海景。"哇,妈妈偏心。"

许太太笑:"你肯来这边住?"

他们母子仨又说又笑,罗一新在旁几乎插不上口。

家英问:"你冷落一新?她怪不高兴的。"

家真答:"她若连这个都不明白,我俩就没有前途。"

家英笑。"呵,这般大男人口气。"

"明日我们去圣地亚哥,你也一起吧。"

一新过来说:"我不去了,怪累,又怕晒。"

许太太一听,连忙说:"我们在市区逛商场吧,我想添些衣物,夏装在这边多选择。"

一新这才恢复精神。

家真说:"妈妈,我陪你去纽约。"

一新更高兴。"好呀，我们逛五街。"

许太太却问："你的功课呢，也得上学呀。"

过两日母亲鸟倦知返，把新居钥匙交给家真，由家英陪着回家。

家真一头栽进实验室里。

一新找到机会问他说："我转到加州来陪你可好？"

"加州不是读美术的地方，你不如留在欧洲。"

一新尴尬。"这是冷落我吗？"

"不，我想用功读书。"

第二天，一新走了。

那一年，满街少女都穿上芝士布长裙，飘逸明媚，在阳光下呈半透明，引起异性遐想。

好看吗？美极了！像她吗？不，还不够，差远了。

这边女孩半卷曲头发都闪烁金光：赤金、淡金、金棕……家真心中怀念的是一匹漆黑乌亮的丝缎。

家真在校成绩斐然。

同学们赞叹："许一坐下来就知该怎么做。"

"他天生会这门功课，学问一早已种在脑里，只需取出应用。"

"唉，各有前因莫羡人。"

"幸亏许容易相处，又乐于助人。"

是天才吗？不，只是苦干，时时埋头做到深夜，一新电话来找，家真一定在家。

一日，家真在实验室里看报告，忽然有同学推门找他。

"许，你来自蓉岛？"

家真抬头。"什么事？"

"许，蓉岛出了大新闻，快到康乐室看电视。"

家真丢下一切跑到二楼康乐室。

有几个同学在看新闻。

记者这样报道："蓉岛挂牌建筑商赫昔逊收地策略失当，引起该地原居民不满，三百多个居民愤而包围工厂一日一夜，将八名高级职员困在办公室里，包括副总裁、总工程师及品质管理员，大量防暴警察已经赶至——"

屏幕上出现土著与警察对峙的情况，有人掷出汽油弹，焚烧汽车，打烂玻璃，蓉岛工厂区变得像战场一般，这美丽宁静的小岛从未发生这种事，许家真看得呆了。

他双膝发软。

半晌，他发力狂奔回家打长途电话。

不知怎的，心急、慌乱，他一连三次拨错号码。

家真吸口气，请接线生代拨。

终于接通，听到家英的声音，他哽咽："爸妈好吗？"

家英说："爸已经救出来，无恙，在楼上休息，我正想找你。"

家真把跳跃到喉头的一颗心按捺回胸膛。

"我立刻回来。"

"事情已经完全解决，家真，你不必劳碌。"

家真打开电视。

美国人绝少关注本土以外的新闻，除非是大灾难、大骚动、大战，否则，他们只孜孜不倦地报告本土的芝麻绿豆的琐事。

新闻说："美资在蓉岛有千亿投资，大使馆正关注这场骚乱，据悉事件导致一死三十余人受伤，其中十名是警方人员。"

接着，是某大商场周末大减价的广告。

家英在那一头说："这件事妈妈不知道，她去了台北访友。"

"爸可有受伤？"

许惠愿的声音传来："家真，你放心，事情在电视新闻里看来才显得可怕。"

"死者是什么人？"

"一名暴徒。"他不愿多说。

"爸，如果形势欠佳，不如早退。"

许惠愿沉默。

"三十六计，走为上计。"

许惠愿轻轻斥责："一遇挫折，立刻投降，怎有今日？我自有数目，你放心读书，下季费用已经汇出。"

他把电话交给家英。

家英踌躇着似有话要说。

"二哥，什么事？"

"有人看到家华。"

家真一时没领会。"什么，谁看见大哥？"

"有人认出是许家华率领这次土著抗议示威的流血事件，他是滋事分子首领之一。"

家真心都寒了。

他双手瑟瑟发抖，这正是他最害怕的事。

"别让妈妈知道。"

"警方已在通缉他，这事迟早通天。"

家真一个字也说不出来。

"你要有心理准备。"

"家华为什么与爸对着干？"家真声音颤抖。

"他不是针对个人，他抗议资本家剥削。"

家真捧着头，他想不明白，因此痛苦。

"家真，爸叫我，你自己保重。"

"我一有假期立刻回来。"

电话挂断，那阵呜呜声叫家真恐惧。

他离开校园驾车往酒吧买醉。

三杯啤酒到肚，情绪渐渐平复。

回程中车子左摇右摆，被一辆货车截住痛骂。

那司机这样吼："你找死？你死不足惜，可怜你爸妈要伤心一辈子！"

家真忽然清醒，吓出一身冷汗。

他把车子停在路旁，锁好车门，坐在车里，直到天亮，才驶返公寓。

大哥已经成为家中黑羊，他更加要小心翼翼做人。

试想，清晨或深夜，有个警察前来敲门："对不起许先生许太太，你们的儿子许家真醉酒驾驶，车毁人亡。"可叫家人如何善后。

好好生活，也就是孝顺父母。

他叹口气，拨电话找一新聊天散心。

响了一阵，无人接听，家真刚想挂断，忽然有男子问："找谁？"

家真一呆。"你又是谁？"

"不，你是谁？"那人也反感。

家真听见一新的声音在背后传来："叫你别乱听电话，是谁？"语气亲昵。

"打错。"那人索性丢下电话听筒。

家真发愣。

几年了？整整四年，那几乎是年轻的他的前半生。

如果一新另外有对象，礼貌上头，她应当对他说明。

电话来了，是一新追上来解释吗？

不，是同学："许，明日考理论，我有几个疑点想得白头犹自不得要领，你若不帮我，我得转系。"

家真凝凝神。"我们一起研究，你什么时候方便？"

同学松口气。"叫我舔你鞋子都心甘情愿。"

不知怎的，这句话叫许家真想起父亲跟在外国人身后，落后半步，但亦步亦趋的样子，永远愉快地应着"是先生""谢谢你先生"。

"许，我们下午三时图书馆见。"

他怎好非议父亲？

他怎可对父亲说："爸，无须卑躬屈膝，也可找到生活。"

他知道什么是生活？

"下一季费用已经汇给你了。"父亲说。

三十年前他带着年轻妻子去到一个陌生的小岛找生活，首要是解决衣食住行，不叫妻子担惊受苦，他是一个有肩膀的好男人，接着，三个儿子出生，黄口无饱期，尤其是这几个少年。

家真记得母亲说过："长裤买回来时叠上几英寸，六个月后又成吊脚裤；一年买三次鞋子，脚长得像小丑那般大；冰箱里满满的食物，一天之内扫空，'妈，吃的呢'，家华家英连果酱牛油都可以空口吃，吓煞人。"

幸亏父亲年年加薪升职。

他能干？谁不苦拼，蓉岛挤满各地各城涌来的人才，努力有什么分数？许惠愿比谁都会做人，上中下三层他都摆得平。

家真敬重父亲。

他有什么做得不对，那是因为他必须那样做。

母亲也是，金贵少女，嫁鸡随鸡，来到蓉岛，斩断六亲。"话全听不懂，晚晚做梦看见你外婆。蓉岛虫蚁奇多，各式各样怪异可怖的昆虫，有些挂天花板上，有些爬上腿来，怕得人发抖。天气热起来似蒸笼，滂沱大雨，经月不停，又刮台风，整间屋子颤动……"

勇敢的父母，没有懦弱子女。

许家真深深吸口气，出门上学。

下午想起有约，赶到图书馆。

咦，约的是谁？那人没报姓名。

"许，这边。"

有人站起来低声招呼。

原来是金发的维多利，那头著名金发在下午的阳光下闪闪生光，衬着白瓷般雪肤及碧蓝双瞳，她是标准美人。

"你？"

"可不就是我。"

"我们到那边角落去。"

"许，图书馆里不好说话，不如到我处补习。"

许家真微笑。"当心啊，请客容易送客难。"

"我从来没怕过你。"

"这好像不是赞美。"

"许，我从不知你可以这样活泼。"

"名字是许家真，我还有若干不为人知的好处。"

进了人家公寓大门，家真严肃起来。

"你有什么难题？"

"不如问我知些什么。"

维多利一边做咖啡一边叹气。

她迅速指出功课上不明之处。

家真为难。"天，你一无所知，如何走到电脑系来。"

"是家母的主意。"

"对，你姓罗森复，是罗氏重工后裔，家中事业待你承继，可是这样？"

"又不是，我有三个成年兄长，罗氏轮不到我，家母是填房，不想我比继兄们逊色。"

家真想一想。"你要拿几分？"

"七十分可以升级。"

"七十分只是丙级。"

"别看这七十分，说易也不易拿。"

"你应视甲级为标准。"

"许真，你信不信我揍你？"

"坐下来，时间紧逼，我教你读这五条，背熟了，可拿七十分。"

"假使老师不出你预测的题目呢？"

家真微笑。"那我陪你留级，来，快来写十遍，方程式尤其要记牢。"

维多利忽然问："为什么对我那样好？"

"我喜欢金发女。"

"许真，我——"

"看牢书本，挺直背脊，全神贯注。"

一新的电话在四十八小时之后才到，闲聊数句，那种隔膜，数千英里外都感觉得到。

——"我不想回香港受管束。"

"读完美术，只得留在欧洲。"

"或者，另外读一张教育文凭，可到小学教美术。"

"抑或，做芸芸众名媛之一名？我喜欢写作，可否做女作家？"

家真没有回答。

"许家真，我们结婚可好？"

家真不得不答："大哥二哥都还未提婚事呢。"

"这是我所听过最劣借口。"

"你说得对。"

两人都苦笑起来。

考试成绩发布，不出家真所料，维多利罗森复取得七十二分。

维多利送他一枚蒂芙尼银制锁匙扣。"我母亲说，我应以身相许那个补习先生。"

"令堂很有趣。"

"许真，你几分？"

"一百零五。"

她震惊。"什么？额外那五分从何而来？"

"我指出试题中一些谬误。"

维多利瞪目。"气死人，一个外国人来到美国，指正美国人。"

家真笑。"美国人，你指红印第安人？你是德裔，母亲来自英国约克郡，你也是移民。"

"我肤色够白。"

"再说下去，黄人不帮你补习。"

"许家真，我们几时开始约会？"

家真凝视她，微笑说："我从不喜高攀，我爱脚踏实地。"

维多利忽然轻轻说："你可有恋爱过？"

家真想想，把双臂枕在脑后，点点头。

"罗一新？"

家真一愕。"你怎知有个罗一新？"

"怎可能不知，她的照片、衣物、书本，还有电话、信件，无处不在，处处都在。"

家真微笑。

"她真幸运，你是那样细心温和、性格完整的一个人，且品学兼优，家境甚佳。"

家真有点腼腆。"哪儿有你说的那样好。"

"不过，如果我猜得不错的话，你最爱的人，并非罗一新。"

家真点头。"你真聪敏，作为一个白女，算是顶尖精灵。"

维多利既好奇又好笑，伸手拍打他。

家真说："你们除了化浓妆尖叫参加啦啦队及争风吃醋，没有其他事——"

这时他头顶着了一记，不禁哟出一声。

他说："我最爱家母，罗小姐为此不高兴。"

维多利扑哧一声笑。"罗小姐信以为真？这样看来，黄女也不比白女聪明。"

家真一呆。

"不不不，"维多利摇摇头，"你心中另外有一个人，她才是叫你眼神恒久忧郁的原因。"

家真闭上双目。

"她是谁？"

"我不能回答，我只在十三岁那年见过她一次。"

"什么？"维多利大为诧异，"像但丁在桥头遇见比亚翠斯，他一生也只见过她一次，然而为她写下了神曲。"

家真笑了，轻轻抚她金发。

"她可是个美女？"

家真点头。"像水精灵一般。"

"你清晰记得她的倩影？"

家真指指额角。"烙印在此。"

"许多年已经过去，也许她已是五子之母，发胖臃肿。"

"不，她即使到了一百岁，也还有昔日清丽影子。"

"这女子可有名字？"

"她叫怡保。"

"多么奇怪的名字。"

"维多利也是：胜利女神，你想战胜谁？"

"每一场考试。"

大家都笑了。

这一段时期，许家真其实共有两个女友，原先他以为要疲于奔命，结果却游刃有余。

因为，他两个都不爱，不相爱有不相爱的好处。

维多利忽然说到严肃的事上去："许家真，你是蓉岛人，应回蓉岛看看，因为罗森复家族及若干敏感外国公司已决定撤资。"

家真一震。

"做生意最怕什么？"

"局势不定。"

"蓉岛有一股争取独立的反势力扰攘，令投资者非常不安。"

"维多利，你比我知道得多。"

"试想，一个城市，每逢周末均有游行示威，警察长期驻守外资公司，这种气氛，多么沮丧。"

"是否和平示威？"

"最终引起流血冲突，也许，这是外国人撤离的时刻了。"

真没想到这外国女孩有她的见地。

家真巴不得立时三刻飞回去看个究竟。

那个下午，他俩在露天咖啡座度过。

一有假期，家真立刻往家里跑。

下了飞机就看到有蒙面人拉着大布条，上面用血红英文字写着："蓉岛归于蓉岛""释放无辜'民运'分子""殖民主义滚回老家"……

司机伸出手臂护家真上车。

家真一声不响。

回到家中，看见门外有警卫荷枪巡逻。

许太太迎出来。

"一新呢？"

罗家不让一新到蓉岛度假，只说时势欠佳。

"妈妈不如再跟我到加州小住。"

许太太微笑。"你爸也需要我照顾，谁替他打点三餐一宿？"

"爸也一起来。"

"到加州做什么，开一间杂货店，抑或洗衣铺？他是总工程师，他不会习惯，你不要听西方报章煽动，他们唯恐天下不乱。"

许惠愿神色如常。"家真，赫昔逊装置了电脑国际网络通信，你来看看。"

家真耸然动容。"久闻其名，如雷贯耳，这可真是先进，以后通信多么方便。"

浑忘政治局势。

"我明早安排你参观。"

家真兴奋。"大学也正在发展网络通信，这将改观世界。"

没想到许太太说："天罗地网，谁也挣不脱。"

许惠愿转过头去。"你说什么？"

许太太站起来。"我不懂，我乱讲。"她走开。

家真问："滋事分子可有扰乱市面？"

"宵小趁夜捣乱，警方可以控制。"

许家真看到的情况有点不一样。

车子一路驶近赫昔逊大楼，白天沿途也有人掷石。

看得出是土著，怕摄影机拍到面孔，用破布蒙面，衣衫褴褛的他们奋力以卵击石。

防暴警车一驶近，他们立刻狂奔。

司机叹息。

家真问："你同情他们？"

司机吞吐，不想说出心事。

家真说："按照世界大气候，所有殖民地最后终需独立。"

司机震惊，他说："我是孤儿，三岁自广东跟表叔来到蓉岛生活，在此娶妻生子，我在故乡再无亲人，我回哪里去？"

"你可以留下。"

"届时蓉岛面目全非，容得下我吗？"

"你是好司机。"

"在许家做司机,由英资赫昔逊发薪,粮期准,福利佳,年年加薪;许先生、许太太对我客气友善,你们几兄弟又谢前谢后……我还往什么地方去?"

司机无比沮丧。

家真恻然。

车子驶进赫昔逊停车场,守卫走出来检查过放车子过去,家真松口气。

他在父亲的带领下参观电脑部,原先像衣柜那样高大的电脑忽然变得像小小的电视机,工程师当场表演搜索资料储藏文件,叫家真叹为观止。

可惜局势起了变化。

电脑工程师忽然说:"IBM 估计东南亚最先进设备并非在日本,他们外语水准较低,故步自封,再过十年会吃苦头。"

另外一个同事取笑他:"是 IBM 说还是你说?"

他叹气。"可惜时不我予。"

"什么意思?"

"蓉岛民智渐开,近日我在公车上看见有学生让位给孕妇,这两年市民似养成排队习惯,这些都比先进科技更难能可贵。"

大家都欲言还止。

"家真学成回来又是另一番局面。"

"家真也需留在硅谷发展。"

"树高千丈，叶落归根，留在人家的国度有什么意思。"

"说到底，蓉岛也不是故乡。"

"你的家乡在哪里？"

"我的家，在山西，过河还有三百里。"

家真讶异，这是一对他所见过最多愁善感的电脑工
程师。

"家真，明年我会跳槽到新加坡置地工作。"

"全家移民？"

"不错，阿邓会迁往多伦多，从此各散西东。"

这般人才，走了不知社会是否仍有能力栽培更多。

"家真，你可知光纤一事？"

"知，本校有一组博士生正致力研究……"

题目又扯远了。

第二天一早，母亲走到他房间，轻轻拧他面颊，他睁
开双眼，"妈妈"，握住她的手。

他们忽然听见后园传出爆竹声。

家真诧异："啪啪声，干什么？"

许太太叹口气。

家真推开窗户看出去，只见家英在后园练枪。

每发都中红心，百发百中。

他脸色凝重，全神贯注，全身肌肉紧绷，像是在生死存亡之间挣扎。

忽然他看到小弟，放下枪，笑了。

家真说："二哥，不如我们也考虑移民美加。"

家英回答："都走光了，谁留下做事呢？"

"你舍不得？"

"我们只有这个家，清明重阳，许家没有扫墓的习惯，因为蓉岛没有祖先，已经是移民，还要再移民？"

"至少让我把妈妈带走。"

"你怎么照顾她？"

家真语塞。

"母亲身体欠佳，不能操劳，到了外国，势不方便，留在蓉岛比较好。"

家真只是个学生，没有能力，说不过父兄。

第二天他得到意外惊喜，门一开，站着罗一新。

"家真，我来看你。"

连许太太都十分高兴："一新，欢迎。"

一新"嘘"一声："父母都不知我来蓉岛。"

蓉岛在外人心目中，地位已大不如前。

隔了几天，不该发生的事终于发生。

一间华资果园欠薪倒闭，工人包围办公室要求赔偿，东主致电警方求救。

警车一赶到不由分说立刻放催泪弹，引起工人不满，冲突越搞越大，办公室被民众占据，谈判无效。

许家关注着电视新闻。

家英说："英人无能，应以武力夺回办公室。"

"英人讲面子。"

"最终面子不能挽回，还是得用武力。"

罗一新轻轻说："我想回家。"她害怕起来。

许先生马上说："叫司机送罗小姐去飞机场。"

一新低着头离开许家。

家英看着她背影。"不能共患难。"

许先生笑笑。"小孩子，不懂事。"

一个多小时后门铃又响，罗一新折返，脸如死灰，呜咽着说："往飞机场的马路封锁不通。"

家英一听，立刻去拨电话。

了解形势后他问老用人："家中可有储藏粮食？"

一新吓得哭起来。

许太太哄她："你喝杯热牛奶早点睡。"

家英向父亲报告："四处都有骚乱火头。"

"警方如何处置？"

"已调动军队前去镇压。"

"我们这一带如何？"

"住宅区如一个瓶子，一头守住，闲人不得进出，十分安全。"

"叫司机等人警惕。"

司机立刻说："我去添汽油。"他匆匆出去。

除了一新，许家上下人等齐心镇定。

"明早也许不能上班了。"

"看情况吧，当时台风袭蓉，三日后保管雨过天晴。"

深夜，家英接到消息："芭辣区开枪了。"

大家维持沉默。

电视屏幕上火光融融，人群被警察追赶，四散奔逃，有人中枪倒地。

家真看得手足冰冷。

忽然片段中断，记者说："警方劝谕记者为安全起见离开现场，并且宣称，防暴警察所用只是橡胶弹头……"

许太太凝视屏幕，不发一言。

家真轻轻说："妈妈请去休息。"

许太太终于说："不知是谁家子女。"

那一夜其实谁也没有睡好。

住宅区静寂一片，深夜，花香袭人。

家真悠然入梦，他拨开浓绿芭蕉树走入树林，看到满月像银盘般挂在半空，一个耳边配戴大红花穿纱笼的少女转过身子笑说："你来了。"

家真轻轻答："确是我。"

可是少女声音突变，似在饮泣。

家真睁开双眼，发觉是一新伏在他身上。

"咦，你怎么了，真没想到你如此胆小。"

"家真，我爸叫我想尽一切法子逃离蓉岛。"

"路一通即时买头等飞机票送你走。"

一新痛哭。"家真，我们可是要分手了？"

家真无奈。"你又不愿留下。"

"爸叫你我一起到香港去。"

家真失笑："我也有父母，怎可跟你走。"

"许多男人都会顺女方意思与岳家亲近。"

"我真奇怪他们做得到，我会忠于养育我的亲生父母。"

一新双眼通红。

家真劝说："我们仍然是好朋友。"他拥抱她。

"你会有危险吗？"

"蓉岛仍是法治地区。"

连接两日两夜骚乱，蓉岛成为世界头条新闻。

警方施用铁腕政策，引致联合国不满，公开呼吁双方冷静谅解约束，并且，英方应考虑予人口已超过五百万的殖民地独立自主。

许惠愿力保镇静，每日上午仍然上班，家英影子般伴他身旁，寸步不离，连吃中饭都坐在父亲身后。

蓉岛四季都像夏天，许家英除下外套搭椅背上，腋下配枪清晰可见，杀气腾腾。

一新最怕那把枪。

家英却有事找她。

"这是一张返回香港的头等飞机票。一新,这几天叫你受惊,真不好意思,回到家里,请代问候伯父伯母,下午三时,司机会送你到飞机场。"

说得客气,其实巴不得送走这名客人。

讲完他转身就走。

罗一新这时也清楚明白她不适合做许家媳妇,垂头丧气。

就在这个时候,门铃响了一下。

家真抬起头来。

谁?私家路守卫森严,谁进得来?

这一下门铃同所有其他铃声没有什么不同,但是许家真的寒毛忽然竖起。

家英也走出来,他似乎更有预感,立刻问用人:"我妈在哪里?"

"太太午睡。"

"别吵醒她。"

家英吸进一口气,伸出手,打开门。

门外站着一男一女两名警官。

"许惠愿先生可在家？"

他们身后有人应说："我是。"

"许先生，可以进来说话吗？"

许先生吩咐两个儿子："你们也一起到书房。"

警官报上姓名。"许先生，你可认识该名男子？"

他俩出示一张照片。

许惠愿只看一眼，脸色就转为死灰，他点点头。

"这名男子，可是你的长子许家华？"

许惠愿又点点头，这时，他已浑身颤抖。

家英把照片接过一看，忽然靠到墙上，相片落在地上。

终于，家真也不得不面对世上最残酷的事，他拾起照片。

他认出他敬爱的大哥家华。

家华躺在一张床上，双目紧闭，面色平静，双手交叉叠胸前，颈项有一摊紫血，他已无生命迹象。

家真一时没有反应，耳畔嗡嗡响。

大哥。他在心里叫了一声。

像家英一样，他要靠住墙壁才能站得稳。

警官轻轻说："前日芭辣区骚乱，他率领群众攻击厂房，被防暴警察用橡皮子弹击中，很不幸，到今日才追溯到他的身份，请跟我们到有关地点办理手续。"

书房内死寂一片。

过了不知多久，似衰老了十年的许惠愿先开口，声音低不可闻："别让你们母亲知道此事，那会杀死她。"

他拉开书房门。

警官叫住他："许先生——"

许惠愿转过头来，摆摆手，非常疲倦。"我没有那样的儿子。"

他头也不回地走出去。

警官冷静地看着许家英，等他回应。

家英开口："我没有那样的兄弟。"

他跟在父亲身后离开书房。

警官看牢许家真。"年轻人，你呢？"

家真站稳，吸进一口气，可是眼前仍有金星。

他说了两个字："我去。"

"好，"警官说，"那么，请跟我们走。"

走近大门，家真听见有人哭泣，原来是一新。

他伸出手，恳求一新："与我一起。"

这是他最软弱的一刻。

一新退后。"不，不关我事，我这就回香港去了。"

"一新，请陪我走一趟。"家真再次恳求。

"不，我不去。"

家真心死。

他低着头，走上警车。

到了派出所，许家的律师迎上来，指示他签署文件。

许家真像机械人一般办妥手续。

"许先生，你可以走了。"

家真忽然说："我想见我大哥最后一面。"

律师迟疑："家真——"

"那在另外一个地方，请这边走。"

另外一个地方。

那地方冷得叫人颤抖，四处都是不锈钢设备，一扇重门推开，经过走廊，又是另外一扇门。

家真冷得牙齿打战，他咬紧嘴唇，走进一间大房间。

一个穿白袍戴口罩的女子迎上来。

警员报上姓名。

"这边。"

再走进一间房间，家真看到白布罩。

女子轻轻问："准备好了？"

她掀开白布。

家真看到他思念已久的大哥。

呵，家华神色平静，似熟睡一般。

近距离接触，又看到他颈项乌溜溜一个洞，什么橡皮弹头，分明是一枚真枪子弹。

家真眼泪涌出，他伸手过去，握住大哥的手。

忽然之间他浑身痉挛倒地，牙齿碰到舌头出血，眼泪鼻涕一起不受控制地淌下，接着，裤子也湿了。

家真不住地呕吐抽筋。

要紧关头，有人扶起他的上半身，用温和肯定的声音说："不怕，不怕。"

她正是那名穿白袍的工作人员。

她取来一根木条塞进家真嘴中。"咬住，莫伤害自己。"

家真神志清醒，可是四肢不听使唤。

"放松，吸气。"

她把他扶到会客室坐下，见他肌肉渐渐恢复能力，就喂他喝温水。

家真汩汩落泪，忘记羞愧，只觉心痛如绞，像是利刃穿心。

那白袍女子耐心等他复原。

这时医护人员也赶到了，立刻替他检查注射。

家真乏力地向那位女士道谢。

她摘下口罩，原来是一个十分年轻的女子，面目秀美，一双大眼充满智慧同情的神色。

"没关系，不要怪自己，这种反应，十分无奈。"

这时许家律师进来扶住他。

家真挣脱。

他已见过大哥，再无遗憾。

他只想一声不响地离开蓉岛。

但终于忍耐地向父母道别，他怪自己迂腐。

许太太讶异："家真，你面容憔悴，嘴唇为什么破损？"

"打球受伤。"

"回去好好用功。"

父亲仍然是那句话："下学期的费用已经汇出。"

许惠愿照常上班下班，像是什么事都没有发生过。

一个人想存活下去，真得有通天彻地的本事，家真应该怨恨父亲吗？当然不，他已尽其所能，做到他认为最好。

他还需要照顾他的家。

就在那几日之间，家真醒来，发现枕头上有一绺绺的脱发，他的头皮出现一英寸直径圆形秃斑，俗称鬼剃头。

即使睡着，神志也半明半灭。他看到一个人蹲在墙角哀哀痛苦，那人太阳穴有子弹孔，汩汩流血。

他缓缓走过去问："大哥？让我帮你，我不会离弃你。"

那人抬起头来，他看清楚了，那人却是他自己，那人是许家真。

他颤声说："不怕，不怕。"

伸手去扶自己。

然后醒了。

枕头上有更多脱发。

母亲送他到飞机场，一路上疮痍满目，工人与工程车正努力收拾残局。

车上漆着赫昔逊字样。

母亲问他："一新可有找你？"

家真转过头来。"不理她了。"

许太太也感喟："没有缘分。"

家真点点头，是，只好这么说。

离开蓉岛，像是离痛苦远些，功课忙，他埋头苦干，在同学家的车房做实验，往往只穿短裤汗衫，不修边幅，胡子头发老长。

他不再想家，家真只挂念母亲。

蓉岛之春

叁·

凡属自己，才是最好，
得不到的，管它呢。

一日下午，他们的实验又告失败，一声轻微爆炸，前功尽弃。

同学母亲捧来柠檬冰茶及巧克力饼干打气。

"你们到底在做什么？"

家真据实答："不知道。"

"不知道？！"

他们笑。"假使用点作为单位，投影屏幕，造成影像，可玩游戏。"

"电子游戏机？"

"周阿姨，那是好名称，就叫电子游戏机好了。"

大家笑着吃点心。

周阿姨说："志强，下午你与志明去飞机场接表姐昆生，她来升读硕士，我已同你俩说过。"

志强却答："我走不开，差一分钟实验即将成功。"

"周志强周志明。"

家真举手。"我去。"

"怎么好意思。"

"家真，你这一走，这项实验就剔除你姓名。"

家真笑。"我无所谓。"

志强两兄弟搔头皮。"好好好，三人一起去。"

阿姨没好气。"昆生一向疼你们，一直不忘寄东洋漫画给你俩，你这是什么态度。"

志强举手。"是她的工作可怕。"

"什么工作？"家真好奇。

"浑身散发防腐药水味道——"

阿姨立刻说："她是医生。"

家真想一想，不出声。

周阿姨嘀咕："女孩子读这么多书干什么。"

家真轻轻说："女生同男生一样能干，她们甚至更坚毅及细心。"

"一个一个啦，有些看见蟑螂仍会跳上沙发尖叫。"

下午，他们一身臭汗驾着吉普车去接贵客。

周志强举起纸牌，上边写着五个字"表姐祝昆生"。

"她若多行李，叫一辆计程车载她。"

祝小姐出来了，只得一件手提行李，家真已觉舒服。

她头发拢在脑后，梳一条马尾巴，白衬衫牛仔裤，一双大眼睛炯炯有神。

只比他们几个男生大三两岁，人家已经医学院毕业，正在工作，并且打算精益求精，升读硕士，哗。

家真只觉那双大眼睛有点熟悉。

这时一个三四岁小孩走近她，一绊，连人带手中的冰激凌撞到她身上。

孩子母亲忙不迭道歉，祝昆生却笑说："不怕，不怕。"

电光石火间，家真想起来了。

是她。

他伸手过去帮她拿行李。

许家真轻轻说："祝医生，谢谢你。"

昆生抬头。"什么？"

她没认出这个胡须短裤汉。

她是他的守护天使，她那两句"不怕"救了许家真。

家真即时回自己家淋浴刮胡子，然后，买了水果花束再折回周府。

周阿姨大表意外。"家真，这是怎么一回事？"

"阿姨，今晚我请大家到裕兴隆吃上海菜。"

祝昆生自楼上下来，看到许家真，她想起来了。

她轻轻说："是你。"

家真点点头。

周阿姨以为他俩一见钟情，倒也高兴。

家真问昆生："可以说几句话吗？"

"别客气。"她一贯那样和蔼。

"你也来自蓉岛？"

"我是吉隆坡华侨，在蓉岛工作，两年期满，前来加州升学。"

"你是一名法医。"

她点点头，过片刻问："好吗？"

家真摇摇头，双手不由自主地掩住面孔。"不好。"

昆生温言安慰："如果能够，说出来会好过些。"

家真放下手。"法医的人生观不同我们吧，工作太具启发性了。"

昆生闲闲地答："的确叫人不大计较发型服装这些，不过，活着应有活着的样子，我们多数爱整洁。"

家真轻轻说："我每夜均梦见大哥。"

"那也是正常的事。"

"那次，真麻烦你了。"

"是我的工作。"

"请恕我丑态毕露。"

昆生微笑不语。

那边周氏昆仲大声叫："许家真你再不归队，电子游戏机创业就没有你的份。"

谁知家真也大声嚷："我弃权。"

昆生讶异："你们在搞电子游戏机？"

"正是，祝医生。"

"昨日我才读到一段报告，有人已经研制成一个叫'乓'的游戏：一只小小白球在屏幕上跳来跳去——"

周氏昆仲大声惨叫，响闻十里。

"啊，千多小时工夫泡汤。"

"快去把报告找来看个究竟。"

他俩冲进屋去。

昆生笑问："他们不知道？"

晚上吃饭，兄弟俩垂头丧气。

昆生劝："不如研究别的题目，像电脑绘画之类。"

周阿姨笑："电脑怎会画画？"

昆生说："志强有办法，志强是不是，志强对电脑绘画的研究已引致迪士尼公司关注。"

可是周志强心有不甘。"只差半步，'乓'就是我们的产品。"

"嗯，擦肩而过。"

周阿姨又笑。"是，我与环球小姐宝座、诺贝尔奖状等全部擦肩而过，兄弟们，少说废话，继续努力。"

"对，对，妈妈说得对。"

气氛又好转，大家酒醉饭饱，尽欢而散。

周家阿姨豪爽乐观的性情与家真母亲全然相反，但家真十分敬爱周阿姨，他欣赏那种天掉下来不动容的豁达。

志强他们顽劣，她从不动气，功课进退，亦从不过问，她不是故作潇洒，而是真正大方，这才难能可贵。

当下周阿姨说："家真，你与昆生说得来，再好没有，这个忧郁小生交给昆生了。"

那晚，家真第一次睡得稳，闭上眼，再睁开，天已经亮了。

没有噩梦，没有流泪，没有冷汗。

肯定是祝昆生医治了他。

他约昆生出来喝咖啡。

户外小小咖啡座叫费兹哲罗，棕榈树影映之下，别有情调。

加州也热，但是热得通爽，不会引人遐思，与蓉岛的濡湿潮热全不一样。

"可是想念蓉岛？"

"你怎么知道？昆生，你简直会阅心术。"

"因为我也怀念清晨蓉岛的鸡蛋花香，女孩子木屐嗒嗒，小贩叫卖番石榴红毛丹……"

家真吁出一口气。

他与昆生可以说上一天一夜。

"为什么咖啡座叫费兹哲罗？"

"美人珍惜本土文化，F.史葛费兹哲罗是他们的李白。"

"那态度是正确的，那叫敝帚自珍：凡属自己，才是最好，得不到的，管它呢，自重自爱自强，美国精神，他们全不崇外，全世界得接受他们的文化。"

家真抬起头。"说得对。"

"他们全国众志成城，绝不像东亚某些地区，欠缺自信，但凡外国人所有，都吃香热门，决意遗弃本地原有的宝贵文化，自己践踏自己人，自暴自弃。"

家真点头，她在说的是蓉岛，她替蓉岛可惜。

"费兹哲罗的小品文字又没有那样好？见仁见智。"昆生微笑，"可是美人不会替雨果立铜像，亦无可能把咖啡座叫狄更斯。"

蓉岛本土文化渐渐消失淡化，众殖民地中，本色被侵损得最厉害的是蓉岛。

家真转变话题："昆生，你硕士修什么题目？"

昆生答："你不会想知道。"

"我并非胆小如鼠。"

"嗯，同科学鉴证有关。"

"不愿透露？这样好不好？我们交换参观工作地点。"

"呵，许家真你会后悔。"

"你先来我的实验室。"

名校，顶尖学系，实验室是真的壮观。

一整幢大厦十二层楼全属电子科学系，人来人往，学生们在此食宿游戏，当然，也做研究，朝气勃勃，全是英才。

昆生问："你在做何种报告？"

"我与微型科技学系联合研究掌中电脑。"

"小成怎样？"

"小得像一张名片大小。"

"有可能？"

"请来过目，多多指教。"

昆生惊叹，家真桌子上摆满各式样品，虽然稚拙，但是已能使用。

"哎哟，像科幻影片中的道具一般。"

与昆生在一起，说不出的投契，家真已把一新淡忘，不再思念。

可是，他的另一个好友维多利却找上门来。

她盼望地看着他。"好久不见。"

家真歉意地说："请进来，我正想约你谈一谈。"

她坐好了说："谈一谈，通常男生同女生这样说，即表示要分手。"

家真羞愧。

"你找到了她?"

家真点点头。

"那个你一直深爱的美女?"

家真想说不是她,但又怕太过混淆,只得点头。

维多利似乎明白了。

"这一次回蓉岛,你终于找到了她?"

家真又点头。

维多利吁出一口气。"蓉岛即将独立。"

"谁说的?"

"联合国对流血冲突感到不满,已促英关注此事,照英人的管理,榨干了的一个小地方,也无所谓放弃。"

"维多利,你对蓉岛前途一向甚有见解。"

"家父在东南亚投资,他是专家,不单是蓉岛,对香港地区与新加坡的局势更有了解。"

"知彼知己,百战百胜。"

"是,我知道我该退出了。"

"我们还是朋友。"

"我不稀罕同你做朋友。"

维多利忽而落泪。

她随即英勇地站起来，打开门离去。

家真沉默，他不觉得伤害人家感情是一件值得骄傲的事。

但维多利也该明白，她与他始终会走到尽头，纯白种的罗森复家族怎会接受一个黄皮肤男子。

我们敬重华人，华裔对社会贡献良多，华人勤奋好学，华人文化悠远深长，但是——

但是，华人不可约会我们女儿。

这些日子，维多利从未邀请家真上她家去，她必定明白家规。

知难而退的可能是许家真。

他只沉默了一日一夜，看到昆生，又活泼起来。

"轮到你了，还不带我去参观你的工作地方。"

昆生不出声。

"昆生，我想进一步了解你。"

"家真，我是法医。"

"我明白。"

"那么，来吧，趁早看清楚我的真面目，该去该留，随便你。"她说得十分严重。

昆生驾车把他载到一座公园门口。

园子用铁闸拦住，重门深锁，门牌上写着"加州大学法医科研究地点，闲人免进"。

家真好奇："这是什么地方？"

昆生出示证件，守卫放她入内。

园子里鸟语花香，同一般花园并无不同。

昆生带家真走小径入内。

家真渐渐闻到一股腐臭的味道。

"噫，这是什么？"他愕然。

昆生取出口罩给他。

家真忽然明白了，他迟疑，脚步停止。

昆生看着他。"现在离开还来得及。"

"我不会逃避，我想了解你的职业。"

"那么好，请跟我来，这是我的硕士论文题材。"

前边，在空地草丛旁，躺着人类最不愿看见的东西——他们自己的躯壳。

家真却没有太多恐惧。

"这是一个什么人，为什么暴露在野外，你打算观察什么，最终有何目的？"

昆生答："的确是科学家口吻。这位先生是名七十二岁的前运动员，志愿捐助遗体做医学研究，此刻编号是一三四七。我们对他十分尊重，我负责观察它尘归尘、土归土的过程，拍摄记录，结论可帮助警方鉴证案件。"

家真不出声。

"此处共有十多名志愿人士。"

昆生尽量说得幽默。

奇怪，就在闹市小小公园，拨作如此诡异用途，抬起头，可以看到不远处高楼大厦，人来车往。

昆生见他沉默，轻轻说："走吧。"

家真也觉得外人不宜久留，点点头，偕昆生离去。

家真回家淋浴，香皂抹全身之际，不禁笑出来，他揶揄地说："活着要有活着的样子。"

难怪昆生如此豁达大方，日日对着那样的题目做论文，早已悟道。

吃晚饭时他说："那些苍蝇从何而来？"

"苍蝇在七公里外可闻到食物所在地，适者生存。"

"昆生，你是否拥有所有答案？"

"试试问。"

"我们从何处来，往何处去，短短一生，为何充满忧虑失望？"

昆生握住他的手。"我茫无头绪，一无所知。"

两人都笑了。

昆生看着他。"你不介意我的职业？"

"我十分敬重你的工作。"

"你不介意我比你大三岁？"

家真不好说：我所有女友都比我大。

他故意迟疑："这个问题，可得慢慢商榷。"

许久没有这样高兴。

放学时分，家真会觉得兴奋，噫，可以见到昆生了，听到她温柔的声音，细心问候，是人生一大快事。

他先回公寓做意大利面等她来吃。

电话铃响，家真以为是昆生。

那边却是家英冷峻的声音。

"家真，我想母亲已知真相。"

家真不出声，心情沉到谷底。

"她开始喝酒，一小瓶杜松子酒藏在手袋里，有需要便取出喝上一口，用人在床底下找到许多空瓶。"

家真鼻子酸涩。

"原来她已喝了一段日子，据估计，我们知道那日，她也已经知道。唉，竟没瞒住她，人是万物之灵，她有感觉。"

家真落下泪来。

"家真，你说过愿意照顾母亲。"

"是。"他清清喉咙。

"爸的意思是，让她到你处小住，顺便看心理医生。"

家真立刻接上去："我会尽力照顾她。"

家英松口气。"好兄弟。"

家真答："妈妈永远是首位。"

"最近你的信件电话都少了，听说找到新女友。"

家真说："是，她叫祝昆生。"

"不会妨碍你照顾妈妈吧。"

家真更正二哥："昆生会帮我料理妈妈。"

家英讶异："那多好，那是我们的福气。"

家真到飞机场接母亲。

许太太最后出来，苍白，瘦小，穿厚衣，已经喝得七分醉，可是看到家真，十分高兴，抱紧。

"妈妈还有家真。"

"是，"家真把母亲拥怀中，"妈妈还有家真。"

想到小时候，三四岁，三十多磅的小胖子，妈妈仍把他抱着到处走，大哥二哥不服气，老是说："妈妈还不放下家真。"家真潸然泪下，今日妈妈已瘦如纸影。

他嗅到她呼吸中的酒气，杜松子酒很奇怪，有一股香味，不如其他酒类讨厌。

他驾车返公寓。

"我找到一名墨西哥家务助理，每日下午来几个小时帮忙……"

一转头，看到母亲已经昏昏然盹着。

家真心酸，没有知觉，也没有痛苦，这是她开始喝酒的原因吧。

酒是最好的麻醉剂。

回到家，家真扶母亲进寝室休息。

他跑到附近酒店，买了一箱红酒抬回去。

一时戒不掉，就得补充酒源，小时候母亲宠他，大了由他纵容母亲。

他又与心理医生接头，约好时间，由女用人兼司机接送。

家真返回实验室，与日本新力通了一通电话。

"我是加州理工许家真，找贵公司山本先生，他不在？请同他说，许愿意出售一项专利，请他回复，是，山本会明白。不客气，再见。"

家真不愿再问家里掏钱，他已成年，他应该接棒。

下午，他在家里看书。

昆生带了许多水果上来，又买了红米煮粥。

许太太徐徐醒来，慢慢梳洗，换过便衣，略为精神。

她说："加州气候适合我。"

想一想，在手袋中找到小瓶杜松子酒，斟出喝一口，舒畅得多。她上了瘾不自觉，但是不喝，双手会微微颤抖，而且心慌意乱。

她喝了一碗粥，夸奖昆生几句。

"祝小姐家里还有什么人？"

"阿姨叫我昆生就行，我家有父母兄弟。"

"做什么职业呢？"

"我们全家是医生，父母管眼科，大哥在脑科，弟弟在读心脏科。"

许太太赞叹："一门人才都有医学头脑，想必是遗传。"

昆生微笑。"阿姨可准我替你检查一下。"

昆生试了交替反应，又观察她的眼睛喉咙。

"阿姨要多休息。"

"家里有医生多好。"

家真笑。"我也发觉了，找女朋友，越能干越好，多加利用，沾光借力。"

昆生切了水果出来。

许太太说："一见家真我就高兴。"

昆生走开，许太太说："昆生已默许？"

"勇敢的她没嫌我窝囊。"

"那你总得有点表示。"

"我们不注重这些。"

许太太脱下手上一枚钻石指环。"给你做订婚戒指吧，尺寸不合可拿去改小。"

"我不要，宝石那么大，那么俗气。"

"傻孩子，收下。"

"我不喜大钻石，像只灯泡，炫耀，恶俗。"

忽有声音从背后传来："谁说不好，我喜欢。"

只见昆生从背后伸手接过指环，立刻套在左手无名指上，"大小刚刚好。"她笑着说。

许太太咧开嘴欢笑。

家真搔搔头皮。

就这样，他订了婚。

傍晚，日本人的电话来了，那山本只说了两句话："许先生，我们马上派人到加州来与你签合同，抵埠后再与你联络。"

家真心情好。"妈妈，你喜欢这里，不如与我住，我与昆生陪你。"

许太太笑笑。"谁养活我，你？"

家真也笑说："妈别小觑我，我也有本事。"

"你们好端端一个小家庭，何必夹杂一个老妈。"

昆生却说："我愿意照顾阿姨。"

许太太十分感动。

稍后同家真说："昆生的确比较适合你。"她没有讲出另外一人的名字。

家真也不说。

已经分了手，还批评人家干什么。

母亲每天傍晚开始喝酒，照昆生的说法："阿姨即使醉也很文静，不声不响，像在沉思。"

"对健康可有影响？"

"精神抑郁，喝几杯无妨，这也是折中的方法。"

许家的事，昆生全知道，无须解释。

他们在学校附近的酒馆宣布订婚，同学们闻风而至，酒吧水泄不通。

家真笑说："我一向讨厌请客吃饭，原来这样热闹高兴。"

有人笑说："接到账单时你就知道。"

他们两人在掌声下起舞。

有人在角落看着他。

家真走过去。"维多利，你来了。"

金发的维多利朝他举起杯子。

家真问："今晚谁陪你来？"

"一个男人。"

"我替你再去拿一杯,你喝的是什么?"

"嗯,一个法医,你肯定最爱的是她?"

家真一怔。"是。"

"我一进来就留神,我看到你们四目交投的样子,不错,你很喜欢她,你们同文同种,她懂事聪明,会得分忧,可是,她是你在寻找的人吗?我看不。"

家真收敛笑意,开始发愣。

维多利轻轻说:"你心中挂念的人,又是另外一个吧。"

家真低头。"不,就是昆生。"

"去找她呀,不要放弃。"

家真恢复原来的神情。"维多利,今晚多谢你来。"

他走开去找昆生。

结账时才发觉要两人的信用卡合用才能支付账单。

回到家,家真看到母亲坐在安乐椅上睡着了。

"妈妈,醒一醒。"

许太太伸一个懒腰。"唉,"她愉快地说,"要是一眠不起,又有多好。"

家真黯然。

家华已逝，其后家里再大的快乐喜事，也打了折扣，再也不能自心底笑出来。

家真扶母亲回房休息。

过两天，山本亲自带着律师与秘书前来签约，一看这种排场，就知道日本经济大好。

山本是日裔美人，毕业后回流返东京办事，这次来，顺便探亲，他根本没有日本名字，只叫山本彼得。

家真把整套研究报告呈上。

山本很高兴。"我们将把这套研究应用在电话卡上，许家真，你不会失望。"

卡片上印有美女图样。

家真忽然伸手出去取过小小塑料卡片。

日本印刷何等精美，小小头像是一个东方女子，明眸皓齿，巧笑倩兮。

家真猛地站起，打翻了啤酒。

山本彼得奇问："什么事？"

"照片中人是谁？"

山本这时才留神观看。"华怡保，东南亚著名女演员，最近在京都拍摄电影。"

许家真结巴问："你认识她？"

"不，但是推广部聘请她拍摄广告，稍后摄录影机销路立刻增加二十个百分点。"

家真双目濡湿，需要清一清喉咙。

没想到伊人倩影已经在东南亚闻名，呵，艳色天下重。

"你是她影迷？"

家真只得点点头。

山本答："作风大胆的她影迷众多，极受男性欢迎，奇是奇在女子也不讨厌她，认为她可以代表新生代。"

"她人在哪里？"

"我不知道，可是需要打探一下？"

"如果方便的话。"

"没问题。"

家真把电话卡贴身藏在口袋里。

他们签妥合约，律师告诉他，酬劳已经存入户头。

那天回到家，他拿起红酒就喝。

昆生迎上来。"我带阿姨去一个地方。"

家真定定神。"什么好去处？"

许太太笑。"昆生不肯说。"

"去到才告诉你，家真，请你也跟着来。"

车子直向医院驶去。

"咦，带我看医生？"

"不是。"

许太太说："我们一生最重要的时刻都在医院度过。"

"却不包括生日、订婚与结婚。"

家真说："昆生讲得对，做人要乐观。"

停好车，昆生带他们到育婴室。

"到婴儿房干什么？"

昆生微微笑，替阿姨穿上袍子看她洗了手。

"家真，请在玻璃窗外等候。"

隔着玻璃窗，只见昆生带着许太太走进婴儿床，指点解释。

家真看到母亲的面孔忽然松弛，充满慈爱，霎时年轻十年。她伸手去抱起其中一名婴儿，紧紧拥在怀中。

家真问身边一名看护："这是怎么一回事？"

护士笑答："院方欢迎志愿人士替早产儿按摩，接受这种个别治疗的婴儿体重会快速增加百分之四十七，我们尤其欢迎年长义工，彼此相慰寂寥。”

原来如此。

多谢昆生。

只见许太太小心翼翼地把婴儿放在垫子上，轻轻按摩，那早产儿只得一点点大，像只红皮老鼠，全身打皱，不但不可爱，且有点可怕。

他不住哭泣抽搐，说也奇怪，稍后，他也松弛下来，伏在垫子上，动也不动，小面孔变得宁静平和，原来鼻子高高，相貌不错。

这时，许太太更加欢喜，满面笑容，好比一般人中了头奖彩券。

简单的肌肤接触，竟有这样奇妙的作用。

家真看得有趣，忍不住问：“婴儿的父母呢？”

看护说：“呵，这是名弃婴。”

家真立刻垂头。

看护拍拍他肩膀，忙别的去了。

昆生走出来，笑问：“怎么样？”

家真问：“妈可以逗留多久？”

"一小时，两小时，随便她。"

趁这空当，昆生带家真到大厦另一层参观她的办公室。

小小写字台在实验室一角。

实验室每一角都摆着骨殖，真不适合胆小人士。

她的教授是一名和蔼的中年女子，年纪同许太太相若；相貌平凡，超级市场中有许多这样的中年太太。

"昆生，你来得真好，联合国派员赴波斯尼亚寻找战争罪行证据，你可有兴趣？"

"什么时候？"

"统筹需时，秋季吧。"

家真一听，大惊，连忙朝昆生使眼色。

只听得昆生回答："我需考虑一下。"

"联合国用卫星技术拍摄，找到乱葬岗位置，你看，这是种族灭绝屠杀，必须追查。"

家真静了下来。

什么，女子不是应该研究何种巧克力美味以及哪款时装柔媚吗？

开头，许家真嫌人家没有脑子没有灵魂没有胆色没有义气……

终于祝昆生出现了。

喂，许家真，你到底想要什么？

家真凝凝神，只见昆生全神贯注地查看卫星照片。

"这里搬过了。"

"正是，同联合国捉迷藏，意图毁灭证据。"

"找到实证又如何？"

"把军阀带到海牙军事法庭受审，这是正义行动，昆生，学以致用，此其时也，你考虑一下。"

家真不好再出声。

那天，接了母亲回家，母亲只喝一点点酒，就说："我疲倦，早点睡。"

她睡得很好。

"谢谢你，昆生。"

"不客气。"

"我想劝母亲留下来。"

"好主意，但，她到底还有一个家在蓉岛。"

"你怎么看蓉岛？"

"家真，实不相瞒，我的世界只有你与实验室那样大，我对世事，毫无了解。"

"昆生，你太客气。"

她迟疑一下。"如果可以走，也是离开的时候了，蓉岛一年前已掀起移民潮。"

"人人都走会有什么影响？"

"家真，走的这一代泰半已届中年，蓉岛所失还不算大，至巨损害会在十年后浮现。"

"我不明白。"

"他们的子女随同移民，成为他国公民，蓉岛无人接班。"

"蓉岛有的是人。"

"家真，我不想说这种话，政治上有欠正确，可是，走的人部分也许是精英。"

"你觉得管理层会出现真空？"

"各行各业都会有人坐上高位，可是素质能力也许不济。"

家真呼出一口气。

"阿姨最好是半年居蓉岛，半年在加州。"

"世上哪有这样理想的事。"

"你同她说说。"

"心理医生怎样分析？"

"抑郁症可大可小，需小心处理。丧子之痛，永无释放。"

家真看着自己双手。

"连我一闭眼都想起家华种种,何况是妈妈。"

"他一定是个出色的人才。"

"读书过目不忘,勇于助人。十岁那年,家父带他到赫昔逊大厦顶楼,指给他看。'家华,将来你同我一般:一人之下,千人之上。'家华年纪小小,反问:'为什么要在一人之下?'家父当时误会他有志做老板,谁知他一早已种下反抗心思。"

昆生静静聆听。

"他最不服气土著儿童不能入同等学校上课,"家真用手捧住头,"常替司机及女用人子女出头争取,一早成为滋事分子。"

昆生不出声。

"稍后到伦敦升学,每星期天他站到海德公园发表言论,被蓉岛政治部拍下照片,要求解释。"

说到这里,家真悲哀,却歇斯底里地笑出来。

厨房传出香味。

昆生站起来。"我做了苹果馅饼,你可要加一勺冰激凌？"

"我要两球。"

电话铃响。

是山本打来："许家真，我替你打听到华怡保住在香港宝珊道七号。下月敝公司有人过去拍摄广告，你可要跟大家一起？"

"要。"

"届时再联络。"

昆生一向不过问，他也不说什么。

可是接下来的时间，他精神恍惚。

旁人只以为他思念兄长。

多久了？呃，十年过去了，时间竟过得这样快，感觉上完全好似半年前的事。

他爬上榕树，偷窥她出浴，摔下树来，被毒打一顿。

他取出山本给他的那张电话卡细看。

她的容颜一点也没有变化，她已到香港发展，她已成为红星。

许家真没有任何企图，他只想再看多她一眼。

她代表他生命中最美好最完整最纯真的一页，那时家华在世，一家团圆，蓉岛和平无事，父母仍在壮年……

昆生走过来看到。"呵，这就是未来电话卡。"

家真收好卡片。

昆生有事返回实验室。

这样，是否出卖了他与昆生的感情？

不，不，他认识她在先，远远在先。

她的年纪，应当与昆生相仿。

第二天，回到学校，只听见同学纷纷谈论毕业礼，他们倒不担心出路，电脑行业朝天火热。

周志强过来说："家真，我们自己组织公司。"

家真点点头。

"我们二十四小时在车房工作，不眠不休。"

家真决定养家，他决定负责自己的生活。

周志强与他紧紧握手。

当他们在做伟大的科学家，实践理想的时候，幕后总得有个功臣出钱出力，提供生活所需吧。

幸亏他们出身良好，不忧柴米，才有资格朝这条路走。

毕业了。

家真还记得小学毕业那天：脸上充满荣光，他不再是儿童，他已迈向少年岁月，厉声叫司机把车子停远些放他下车，让他与同学一起步行到校门，挺着胸膛，做一个初中生。

这时家真走到校园，依依不舍，忽然缓缓耍了一套咏春拳，眷恋地照师父的吩咐，做得绵绵不绝，刚柔并重。

忽然听见有人鼓掌。

原来是几个小师妹。

他们一起在草地上坐下。

闲聊几句，发觉她们来自香港，英语水准一流，言语充满自信。

"香港可是好地方？"

"世上最好的商业都会，师兄你一定要来观光。"

对自己的家那样有信心，那样骄傲，那个家一定是个好家。

家真心一动。"你们可听说过一个叫华怡保的演员？"

其中一个师妹笑了。"你也喜欢华怡保。"

"同我弟弟一样。"

"男生都喜欢怡保。"

"有无她的资料？"

"她来自东南亚一个小地方，叫——"

有人笑。"我们都来自面积细小的地区，大未必是佳，你说是不是？"

"那地方叫蓉岛，其实相当出名，有一首老歌，叫《美丽的蓉岛》，我妈妈时时哼：有个地方叫蓉岛，就在那南海洋，那岛上风景美丽如图画，谁都会深深爱上它……"

大家都笑了。

香港女生那样健谈，那真是其他地区罕见。

"华怡保是个混血儿，也许有英国血统，所以五官轮廓分明，身段曼妙。"

"不像华裔，只得一团粉。"

"我可不自卑，我们靠脑袋取胜。"

大家嘻嘻哈哈地笑起来。

他们对华怡保没有太深印象，随即转变话题，向师兄请教生存之道。

许家真板起面孔。"用功读书，慎交男友。"

"是，是，多谢指教。"

"师兄，记得到香港来看看。"

那晚，许太太说："只得我一人参加毕业礼，你爸陪着赫昔逊到英国去了，他有要事，你别介怀。"

家真亲热地坐母亲身边。"我有一个同学，叫马三和，靠奖学金一级荣誉自生化科毕业，五年完成学士硕士及博士学位，已赴东岸名校教书，他父母是农民、文盲，连他读什么科目都不知道，妈妈，你不必太宠我。"

母亲拥抱家真。

"妈妈有家真。"

每次听到母亲那样说，家真都心酸。

没想到二哥家英会抽空赶来观礼。

黑西服，墨镜，冷峻英俊的面孔，看上去像科幻电影里机械人似的，好大煞气。

看到弟弟披上学士袍，他哈哈大笑："恭喜恭喜。"

很明显，他已经坐上长子位置。

昆生替他们一家拍照留念。

家英也有温暖的一面。"妈，昆生会帮到家真，家真有福气。"

昆生笑逐颜开，好话人人爱听。

家英说："趁我人在这里，先送了结婚礼物再说。"

家真觉得刺耳：什么叫作"趁人在"，家英会去什么地方？他有不祥之兆。

他清清喉咙："送什么？"

"我得到一笔奖金，换了美元，可在郊区买一间小屋，送你们当礼物吧。"

许太太讶异。"你自己也要用钱。"

"我在赚呀。"

"太厚礼了。"

家英不出声，只是拍打小弟肩膀。

家真忽然无因无故，泪盈于睫。

"快点结婚。"

第二天，家英就匆匆赴英与父亲会合返回蓉岛。

昆生问："你多久没回家？"

"我永远不再回蓉岛。"

"永不说永不。"

家真沉默。

"为什么？"

"我怕见到大哥的墓碑。"

昆生低低呼出一口气。

许太太在他们的照料下，健康大有起色。

"婚礼打算节约还是铺张？"

两人不约而同地回答："越简单越好！教授与妈妈做证婚人，随后我们坐船到地中海度假，妈妈也一起去。"

"我？"许太太意外。

昆生笑。"是，我们一早商量好。"

"那怎么方便。"

"妈，你当作不认识我俩好了。"

许太太自心中笑出来。

"昆生，你娘家人呢，我们都还没见过。"

家真笑。"我就是贪昆生独立，家里全是知识分子，我最怕娶妻连岳父岳母、小舅小姨也跟着来吃喝玩乐，喧宾夺主。"

许太太笑得歪倒。"你听听这口气。"

电话铃响了。

是山本打来："家真，我们后日抵达香港启德入住文华酒店，已替你订妥房间，请前来会合。"

"届时见。"

他转身同母亲说："我去一趟香港，可要买什么？"

昆生侧头想："教授喜欢吃一种饼食，叫……媳妇，妻子饼？"

"老婆饼。"

"就是它。"

"我试试带回。"

家真的心已经飞出去。

这可算不忠？

不算不算，许家真对得起良心，他问过他的良心，他的良心并无异议。

来回乘数十小时飞机只为见一个人一面……

看那个人是谁吧。

母亲交给昆生及保姆照顾，家真出发了。

他在飞机上睡了一觉，梦见母亲拉住小小的他："家真，危险。"但是他挣脱母亲的手，奔向荒原。

机舱猛力颤抖，家真惊醒。

原来降落时遇到雷暴，闪电似穿透窗户，胆小乘客吓得尖叫。

家真身边年轻女客却无动于衷，继续看书，她在读的是劳伦斯的名著《儿子与情人》。

天下到处有芳草，家真遗憾时间太少，否则大可以与这位小姐攀谈。

飞机右边翅膀遭了一下雷劈，溅出火花，这下，连服务员都变色，有乘客索性哭出声来。

家真维持冷静。

驾驶员在广播集中嘱咐乘客镇定，坐稳，飞机就快降落。

到飞机着陆时，邻座女子才抬起头来，嫣然一笑。

她收好那本小说，下飞机去了，瞬息失去芳踪。

其余乘客就没有那么豁达，干脆向亲友哭诉。

车子把家真接到酒店。

山本在大堂等他："欢迎欢迎。"

把许家真带进会议室，原来要他解释若干技术细节，并且当场示范第一代电话卡。

席中有人在用刚刚出笼的手提电脑，家真看过。"太过笨重，卫星网也不够宽阔，还需致力研究。"

山本说："家真，加入我们。"

"山本，我刚想问你有无兴趣与我们组公司。"

"风险太大。"

"不过可以做主人。"

"大公司福利奖金优越，也不算是奴隶。"

"人各有志。"

"你们致力发展什么？"

"我们做软件。"

"小公司怎同微软斗？"

"他们也由小公司开始。"

"对，最要紧的是有信心。"

这时侍应生捧进大盘龙虾，大家就用手掰来吃，非常高兴。

窗外是世界闻名的维多利亚港的美丽海景。

有人说："香港真叫人羡慕。"

山本指出："可是，这个都会近年统共无人参与实业，单靠地产，定有危机，从前有人做纱厂、塑胶、搪瓷、成衣、金属，甚至农业，现时清一色做地产及股票，太不健康。"

"我见世面欣欣向荣，遍地黄金。"

"即使有若干损伤，也立即复原。"

山本笑。"此刻若想同十多亿人做生意，就得经过这关：香港是唯一闸口，每户商家扔下一元，你想想，那是多少钱。"

有人看看时间。"喂，良辰已届，吉时已至，还不走？"

家真奇问："去何处？"

山本笑答："看出浴。"

什么？

只见大家已经纷纷拿外套穿上，争先恐后地涌出。

山本笑。"你不是想见华怡保吗？今晚她拍摄广告时会浸浴缸中。"

家真愣住。

呵，山本是第二代钟斯，他也带他去看洗澡。

车子驶抵摄影室外，才知清场，谢绝参观。

无关人士只得颓然离去。

家真刚想走，被山本拉住，在他身上挂一个小小牌子，家真低头一看，见写着"监制"两字。

家真被山本拉进现场。

场内灯火通明，照得似白昼一般，工作人员屏息工作，摄影机对牢一只日式圆形大木桶，家真不由自主地深呼吸一下，他的双膝有点颤动。

就在这时，水桶内冒出一个人来，水花四溅，煞是好看。浸在桶里的是一个妙龄女子，乌黑长发，蜜色皮肤，全身润湿，只见她微微转过脸来，牵动嘴角，似笑非笑地睨向观众。

刹那间许家真忽然鼻酸。

她一点都没有变，她与他烙刻在脑袋中的印象一模一样，那么明媚挑逗亮丽。

是那水一般的容颜，照亮了他的回忆。

在该刹那，许家真身受的所有创伤仿佛得到补偿，他哽咽，啊，别来无恙。

这时助手过去替她披上纱笼。

山本低声说："这是好机会，过去与她讲几句。"

家真的双腿不听使唤，像钉在地板上。

耳畔传来导演的喝彩声，工作人员一起鼓掌。

家真在心中轻轻说：你好吗，我们又见面了。

山本催他："过去与她说话。"

家真缓缓摇头。

"傻子，你畏羞?"

只见华怡保披上外套走进化妆间。

她身段高挑,双腿线条美丽得难以形容。

灯光师傅啪一声关灯,一切归于黑暗。

稍后山本说:"许家真,我小觑了你,原来你心中纯真,来回万多英里路,只为看一个人一眼。"

他不止看一眼,他贪婪地看了许多眼。

许家真心满意足。

半夜,他收到电话。

是昆生找他。"妈妈不小心扭伤足踝,想见到你。"

"我立刻去飞机场。"

"该办的事全办妥了?"

"全部完成。"

"那么,回来吧。"

"明白。"

在飞机场书店,他挑选杂志,一抬头,看到电视上播放新闻,家真忽然听到"蓉岛"二字。

"……在七百名国际维持和平队员支援下,蓉岛警察逐渐控制局势,但仍恐骚乱蔓延,决定颁布紧急令,每日下午七时起实施宵禁。"

书店里人来人往，蓉岛是小地方，无人注意，只有许家真定定留神。

"政府发言人说：触发骚乱是警方以黑帮分子罪名逮捕三名大学生，大批学生周二开始，在政府大楼门外聚集，要求放人，周三五百名学生再度示威，引致警察开枪镇压。这是蓉岛近年来常见的骚乱情况，逼使殖民政府面对现实……"

家真丢下杂志跑出去找到公众电话打回家去。

电话响了几下有人来听。

家真认得是父亲的声音，放下心来。

他立刻说："爸爸，是家真，好吗？"

"我这边好，你放心。"

"电视新闻——"

"别担心，好好照顾你母亲——"

电话已经切断。

真是应用电话卡的时候了。

与家人通话后家真才心安。

飞机顺风顺利把他载返加州。

他买了报纸寻找蓉岛的新闻，小角落这样说：英政府将派员赴蓉岛谈判独立事宜。

一进门家真就听见妈妈高声问出来："是家真回来了吗？"

"是家真，妈妈，是我。"

只见许太太坐在安乐椅中，腿搁矮几上，昆生正替她按摩青肿的足踝。

昆生是医生，见过更可怕的现象，毫不介意，她衷心服侍妈妈。

昆生抬头微笑。"回来了。"她似乎放下心事。

家真把报纸递给昆生看。

昆生"嗯"了一声。

没想到许太太忽然轻轻说："这么看来，家华的愿望终于达到了。"

家真再也忍不住，当着母亲面流下泪来。

许太太声音更轻："这么说，他的牺牲，是有价值的了。"

母子紧紧拥抱。

昆生在一旁垂头，感同身受这句话是说不通的，针刺不到肉不知道痛，但昆生可以明白他们母子对家华的思念。

这许家华生前一定是个人才。

稍后许太太进寝室休息。

昆生斟出咖啡来。

昆生举杯。"祝福蓉岛。"

"英人退出，会发生翻天覆地的变化吧。"

"我不是政治家，我甚至不懂猜测，但是殖民地一个个独立，有先例可援，英人必定做得漂亮：派体面亲信一名，将米字旗缓缓降下，尊贵地捧回老家，你看印度就知道，随后发生什么事，对不起，与老英无关。"

"蓉岛是那样美丽的一个地方。"

"你认识过它，珍惜过它，也已经足够，有人只利用它当作摇钱树，一丝感情也无，尽情糟蹋，像赫昔逊建造，这间公司想必一定撤退。"

两人沉默。

稍后家真鼻子又酸，他轻轻说："家华高瞻远瞩。"

那天晚上他做梦。

日有所思，梦里他见到家华，大哥还是第一次在他梦中出现。

他置身一间没有家具的房间，光线过分明亮，幸好不觉刺眼，有人坐在一角。

家真完全知道那是家华，可是走不过去，也看不清他的脸。

家真不能张口说话，家华也不发一言。

就这样，维持了十来秒时间，家真惊醒。

他双颊发凉，伸手一摸，才发觉是一脸眼泪。

蓉岛之春

肆·

幸福女子一生通常一句话可以说完：

二十余岁结婚相敬如宾生一子一女白头到老。

第二天一早，家真到周家车房去。

他宣布好消息："我打算置一间货仓作为实验室，我们可脱离车房生涯。"

周氏昆仲却不介意："车房离家只三步路，物资供应源源不绝，十分方便。"

"家真，看。"

家真听见一阵轧轧响，愕然抬头，只见一个三尺高的机械人缓缓自角落走出来。

家真叫出来："啊。"

那机械人发声："你叫什么名字？我可以为你做什么？"是男人声音。

家真笑。"我去了才三天，你们发明了这个？"

"一直在做，不过给你一个惊喜。家真，我正式介绍卫斯理给你认识。"

家真与机械人握手。

周志强说："卫斯理的手指有三十八个自由角度。"

家真说："新力也正在发展机械人。"

周志明笑。"东洋人一生致力两件事：机械人，漫画人。"

家真夷然。"是吗，我还以为他们只致力抵赖战争罪行。"

"新力的竞争对手本田在机械人科技已经领先。"

家真忍不住问："为什么是机械人？"

"你不觉得它们有趣？你叫它，它会转头看你，找你，认出声音来源，计算距离，走向你，与你谈话，可以告诉你股票造价，说笑话，问你听不听音乐……"

家真笑了。"而且，完全受你控制。"

"家真，请你支持卫斯理。你可继续出售小玩意儿给日本人，得到好价，支付实验室费用。"

"一定一定。"

机械人这时问许家真："下一盘棋好吗？"

家真笑说："好好好。"

就在小车房里，机械人卫斯理把他杀得片甲不留。

家真忍不住说："我想叫新力看看它。"

周氏昆仲说："我们不卖。"

"我们需要经费发展。"

"那么，要一个好价。"

"我即电山本。"

他们喝啤酒庆祝。

周阿姨捧着云吞面过来。"请试试我的手艺。"又问，"家真，妈妈好吗？"

"有昆生照顾她，我很放心。"

"你与昆生都够孝顺。"

"昆生比我伟大。"

周阿姨感喟："各人有各缘法，祝家女儿，却来孝顺许家妈妈，我只见过自家儿子，无端端跑去孝敬奉献岳父岳母。"

志强、志明忙说："妈妈说谁，我俩并无女友。"

"在说你们的几个舅舅，见到老婆如耗子见猫。"

周阿姨走开了。

乐观如她也有诉苦时刻。

家真驾车返家，一开门，看见父亲坐在客厅里。

"爸！"

许惠愿立即发牢骚："这地方怎么住？开门见山，所谓客厅只够一个人坐，还不快找经纪看房子。"

家真一味说是。

许惠愿声音转顺："我见过昆生，她明敏过人，又有学识。人家真会教孩子，全家是医生，她大哥现在在泰国照顾病童，了不起。"

家真微笑。

许太太也笑。"他无端端出现，我开门见是他，吓一大跳。"

"爸来加州做什么？"

"接你妈妈回家。"

"爸不如在此小憩。"

许惠愿沉吟。

"爸有白发了。"

许先生叹息。"又白又掉，以此速度，三年后保证全秃。"

"爸，不怕，我们照样敬爱你。"

许先生不禁笑了。

家真忽然想起："家英呢，家英可有同来？"

"家英留在赫昔逊。"

"为什么？"

"家英决定随赫昔逊撤回伦敦总公司。"

"不！"家真有直觉。

"家真，人各有志，家英自觉无法适应新政府新政策新人事，他有他的想法。"

"爸你呢？"

"我决定退休。"

家真喜极。

他看见母亲四肢百骸都放松了。

接着几天，家真陪着父亲四处找房子。

他看中一幢大宅园，树影婆娑，气派优雅，可是与经纪谈了许久，没有结果。

家真走得有点累，问母亲："这间屋子又有什么不妥？"

许太太低声说："价钱。"

"太贵吗？"家真意外。

"他已退休，想一次付清款。"

"屋价多少？"

许太太说了一个数字。

家真吃一惊，原来父亲的退休金数字与他想象中有点出入，许惠愿平时阔绰，是因为薪酬高福利好，可是靠山越壮，他越不懂打算，因而没有积蓄。

家真不出声。

他轻轻走到地产经纪身边，同那中年女士说："你准备文件，我出价投这间屋子，明日下午请到这个地址来。"

经纪讶异地看着年轻的他。"你出价多少？"

"请业主意思意思，减五千吧。"

"我立即替你办。"

下午，山本带着工程师、律师及秘书前来。

车房门打开，看到卫斯理走出来彬彬有礼地招呼他们，那两个电子工程师脸色发青，几乎晕死过去。

周志强在家真耳边说："我此刻才知道什么叫面如死灰。"

家真前去握手。"山本，你来了，欢迎，请坐。"

卫斯理凝视山本，辨认他的特征。"山本先生，我可以为你做什么吗？"

这次连山本都震惊不已。

"一间车房里可以研发如此成果，难以置信！"

家真微笑。"十分基本，发展成型，起码要投入数百万美元资本，本田——"

"本田来过？"

他们几个人立刻走到车房门外细语。

回来后山本坐下，吸进一口气。"许家真，不论本田出什么价，我们双倍。"

家真想一想，顺手取出一张纸，写一个数字，递给山本。

山本一看，他也算得是一名汉子，与律师交换一个眼色，立刻回答："明早银行本票会存入阁下户头，此刻，请先签署临时合约。"

周志明说："家真，我们去做咖啡招呼客人。"

走进厨房，志明问："什么价钱？"

家真给他看纸条。

周志明呆在那里。"这是南加州三幢大屋的价钱。"

"一人一间。"

"家真，你竟这样会做生意。"

许家真笑笑。

周志强也来了。

家真问："赞成吗？"

志强说："我们可以退休了。"

三人出去高高兴兴地签约，皆大欢喜，日本人带着卫斯理回国。

他们一走，周志强打开柜门，又有一具机械人走出来。志明说："这一个叫原振侠，会记录文件，内置家具设计的微型配件。"

他们大笑起来。

第二天下午，房屋经纪依约到访，发觉是间车房，呆住了。

家真出来与她商讨细节。

回到家，他同母亲说："下星期我们可搬进剑桥路那间屋子。"

许太太讶异。

家真笑着解释："上次家英来不是送我一笔款子？"

"那是给你结婚用的。"

"趁爸妈在一起，我们打算结婚。"

许太太高兴得跳起来，竟忘记屋价与礼金有很大差距。

"已嘱昆生邀请她父母前来观礼。"

"可是订酒席做礼服需时——"

"我们不喜欢那一套。"

"啊，"许太太有点遗憾，"当年我与你父在蓉岛也一切从简。"

"你看你们多好。"

昆生在旁，一言不发，只是眯眯笑。

可是许惠愿却同许多自高位退下的人一样，不但不懂得享受闲情，反而手足无措。

每日他都坐立不安，只得驾车四处游荡扮忙，好几次认不清路回不到家需家真把他领回。

家真因此研究房车导航系统。

这时他们已租下货仓作为实验室，并且雇用几名专才助手，业务发展蒸蒸日上。

家真每天铁定工作八小时，每日接送昆生上下班。

人家三日三夜不眠不休是人家的事。

周志强、志明是那种疯狂的科学家，实验失败他们也会哄然大笑，在乎享受过程，几乎住在实验室内。

家真没想到他会是兄弟中最早结婚的人。

仪式简单，昆生穿一套米白色缎子礼服，与父母一起，洋溢着幸福快乐的表情。

周氏一家都来观礼。

亲家彼此尊重，可是绝不打算一起搓麻将讲是非，主持完婚礼，祝氏夫妇返回吉隆坡。

许惠愿说："祝先生有事业，他主持一间诊所，可做到八十岁。"十分羡慕。

家真笑说："早些清闲也是好事。"

"每朝起来不知去何从。"

"陪妈妈散步。"

"什么？浪费时间。"

"那么，到敝公司来挂单。"

"人家会说我是黄马褂。"

昆生说："医生需要义工。"

"家中一个永久义工已经足够。"

说什么都不能讨好他。

半年来他胖了许多。

不久，家英给家真来了电话。

"家英，何故不来参加婚礼？"

"公司搬家，哪里走得开。"

"真的要走?"

"已经搬得七七八八,大厦已转手。"

"将来叫什么?"

"鸭都拿企业。"

"什么?"

家英笑。"连你也不习惯吧。"

"我没有嘲笑的意思。"

"家真,你回来看政权移交吧。"

"不。"

"家真,与昆生一起回来,新政权要追颁一个烈士勋章给许家华,由你代领。"

烈士。

家真的眼泪缓缓流下。

"我仍是赫昔逊员工,不好出席,全靠你了。"

家真答:"我想想。"

家英转变话题:"听说妈妈的情况好得多。"

"黄昏还喝上一杯,昆生说无大碍。"

"爸呢?"

"不甚习惯无权无势的退休生活,时发牢骚,说加州欠缺文化，老华侨趣味低俗等。"

"你把他们照顾得很好。"

"应该的。"

"还有，小弟，你事业蒸蒸日上，我在《时代周刊》看到你的玉照。"

"呵，那篇小小访问。"家真怪不好意思。

"你在研究机械人象棋手？"

"是志强志明他们迷上机械人。"

家英见小弟同昔日一般低调怕羞，说什么也不肯承认做出成绩，只得笑了。

"你回来一次也好。"

"明白。"

他唯一可以商量的人不过是昆生。

昆生想一想。"我陪你去。"

那个春季，许家搬进新居，布置全依许太太的心思，许先生照例每样事每件家具批评一番，等到证实全屋一文不值，他也累了，躺在新沙发上打盹。

昆生替他盖上薄被。

家真笑说："看到没有，三十年后，我也会变成那样。"

昆生伸手去摸家真面颊。"那也难不倒我。"

许太太听了笑得咧开嘴。

山本一直与家真密切联络。

"IBM 委托你制作机械人象棋手？"

家真不回答，他忽然问："山本，你可记得你曾带我去参观拍摄广告？"

"啊，呀，是，想起来了。"

"广告片段可否送我一份？"

"你说的，是华怡保拍摄的出浴广告吧，嘻嘻嘻，老实说，我到今日也不明白电子产品同美女出浴之间的联系，我帮你问一问推广部。"

"谢谢你。"

"IBM——"

"山本，这我不好说。"

"他们要象棋手何用，同谁打，机械人一秒钟可下几子？"

家真已经挂上电话。

他笑了，山本欠缺想象力，应该问：机械人在千分之一秒可考虑几个步骤，答案是：一万个。

第二天下午，家真在办公室，山本复电。

"家真，这件事你听好：你问的那条广告带，原来从未播放。"

"华怡保派律师自我们推广部以十倍价钱购回，然后，她随即退出影坛，我再三打探，他们说她像消失了似的，传说是结婚去了。"

家真张大了嘴。

有一丝失落，又有一丝欢欣。

再美的美女，也不能整日赤身裸体以沐浴为业，能够退隐，再好没有。

可是，他又失去她的影踪了。

不知她去了何方。

"嫁了什么人？"

"可以想象，是一个有钱人。"

家真点点头。

"你是她的影迷？"

"不错。"

"家真，你的实验室还有什么好玩意儿？"

"有新发现一定通知你。"

"听说加州西奈医院与你在合作中，那又是什么？"

家真再次挂上电话。

他无比惆怅。

那日一抬头，已经六点整，由母亲打电话把他叫回家吃饭。

归家途中，他看到橘红色夕阳托着金色余晖掩映在淡紫色天空，无比瑰丽，不禁黯然神伤。

许家真也算得是少年得志，要什么有什么，不知怎的，心底总是忧郁。

昆生迎出来。

"园丁今日来过，试种了栀子花。"

他与贤妻在花园散步聊天。

"联合国向我招手呢。"

"告诉他们，你已嫁了人。"

"那么，我会应征政府工作。"

"那还差不多。"

"你不怕我浑身药水味？"

"我不会要求你改变任何事。"

晚上，家真把那张小小的电话卡取出细看。

照片中华怡保的眼睛像是会说话似的。

嫁了人。

他躺到床上，一合眼，就仿佛听到窗外雨打芭蕉树，潇潇声，叫许家真落泪。

梦魂中，他又回到蓉岛去了。

等到真正起程时，家真只说陪昆生返回娘家。

家真不想刺激母亲。

那次飞机降落，用的是蓉岛的新飞机场。

由赫昔逊建造，完工后，赫昔逊却必须撤退，世事真是讽刺。

飞机场建设得美轮美奂，游客赞不绝口。

家英亲自来接。

他态度亲密，却一直架着墨镜，高大英俊瘦削，人像钢条一般，动作敏捷，却予人紧张的感觉。

他把小弟、弟妇接到酒店。

家真脱口问："家呢？"

家英转过头来。"爸退休后归还公司，公司转售。家真，那所平房一直是间宿舍。"

这时，昆生握紧丈夫的手。

呵，不过是暂时借住，并非许家祖屋。

家真沉默。

送到酒店，梳洗完毕，家真说："昆生，陪我出去看看旧居。"

昆生立刻说好。

途中两人觉得蓉岛市容依旧，表面上并无变化。

旧屋同他们住在那里时一模一样，大门一开，有一个小女孩走出来。

"找谁？"

她十一二岁，小美人模样，蜜色皮肤，美目盼兮，像煞一个人，许家真踏前一步。

只听得她说："现在是我们住在这里。"

昆生微笑问："贵姓？"

"我姓邵柏耶，家父是鸭都拉公司的总工程师。"

许家真也笑了。

呵，物是人非，现在转到别人来当家做主了。

有人自屋里叫出来："明珠，别同陌生人说话。"

大门关上。

昆生说："走吧。"

家真终于去家华处献花。

他一个人站了许久许久，直至腿酸。

他抹干眼泪，才发觉昆生一直陪着他。

他伸手搭住妻子肩膀，与她悄悄离去。

那夜，他无论如何睡不着，凌晨，他起身更衣。

昆生在灯下读一本侦探鉴证实录，闻声抬起头来。

家真说："我出去一下。"

昆生轻轻说："自己当心。"

家真走到街上，叫了一部计程车，令司机往红灯区
驶去。

司机是识途老马，才十分钟已到达目的地。

家真下车，沿街头走过去。

他来做什么？

他来找钟斯。

——"你知道在这区可以找到我。"

家真逐间酒吧找。

政局变了，红灯区依旧繁华，同从前一模一样做生意，
水兵、当地人、游客，挤满狭窄空间，乐声震天，还有，
烟雾弥漫，当然，少不了半裸女子走来走去。

家真对每一个酒保说:"我找钟斯。"

有三人摇头说不识,终于有一个答:"钟斯,可是印第安纳钟斯?混血儿,自称父亲是皇室贵族,可是丢下他不理,可是该人?"

家真一听,只觉非常有可能,他放下丰富小费。

酒保说:"隔三间铺位,一间叫'时光逝去'的酒吧,知道那首歌吗,哈哈哈。"

家真走出门去。

他找到时光逝去,可不是就有钢琴师在奏那首名曲。

——当恋人呵护,他们仍然说我爱你,一个吻只是一个吻,一声叹息只是一声叹息,世事不变,可是时光已逝……

许家真看到角落一个人影。

他走近。

一个女子的声音斥责:"讨厌,你这只老鼠,若不走开,我叫经理。"

站在她对面屈膝哀求的是一个黑影。

他继续哀求:"我没有钱——"

许家真轻轻唤他:"钟斯。"

钟斯抬起头来，眼珠比什么时候都黄，连眼白都是黄的，头发纠结，衣服污垢。

他认出许家真，忽然哽咽了。

家真用手紧紧搂住他。

这时他发现钟斯只剩下一条手臂。

"钟斯，发生什么事？"

他呜咽。"打架，被斩伤……"他号啕大哭起来。

他又脏又臭又是残疾。

家真把他抱紧。

那酒吧女呆住，一个英俊斯文穿名贵西服的年轻人把阴沟老鼠搂着不放，这是怎么一回事？

"你是谁？"

家真抬起头来，一本正经地说："我是钟斯伯爵派来寻找他儿子的人。"

他扶着钟斯出去。

钟斯蹲在街边歇斯底里又哭又笑。

家真叫一辆车把他载到医院。

接着把昆生叫出来。

昆生检查过钟斯。"伤口已经愈合，手术做得很好，可是，你必须注意健康。"

钟斯憔悴，垂头不语。

他又干又瘦，满面皱纹，牙齿也开始脱落。

昆生轻轻说："你要振作，男子汉莫怨天尤人，切忌日渐堕落。"

钟斯用手掩着脸。

家真说："你爱做酒吧，我们合股，由你主持，可好？"

这时，昆生微笑着说："酒吧人杂，不如开一家咖啡吧，早八晚八，做白领生意，虽然辛苦，本小利大。"

一言提醒梦中人。

"钟斯，明天我与你去看铺位。"

当晚，钟斯在医院留宿。

天一亮，家真便找到律师及经纪。

地产经纪感喟："许先生来得正好，地产价已直线下降，是置业的好时机。"

他们找到商业区现成小铺位，店主移民西去贱价转让，一说即合。

钟斯欢喜得团团转。"家真，我一定好好做，我不会辜负你。"

昆生却说:"钟斯,我替你联络了义肢医生,你一定要赴约。"

钟斯呆半晌。"昆生,你是天使。"

家真用诧异的口吻说:"你也发现了?请代为守秘。"

他们留下钟斯与律师等商议详情。

家真说:"昆生你先回去休息,我要见家英。"

赫昔逊金字招牌已经除下。

新字号用鲜红色,设计古怪,家真也未有细看。

家英迎出来。"找我?"

"你还未走?"

"还有几台电脑尚未搬走,我在场监视。"

这时,白发白须的赫昔逊本人也出来哈哈笑。"小家真?让我看清楚你。"

这已是他最后一天。

他若无其事,神色如常,叫许家真佩服。

英人民族性竟如此深沉,了不起。

"家真记得到英格兰探访我们。"

家英站在他身边,赤胆忠心,宛如子侄。

他们进去办事。

这时，家真看到一幕奇景。

只见一个矮胖的中年华人跟在一个高瘦黄黑的土著身后，不住打躬作揖，土著不甚理睬他。

家真认得这个人。

他姓曹，他便是那个开口闭口"爱"如何如何，"爱"怎样怎样，把自身放首位，抬捧得天高，昔日在英国人手底下掌权的那曹某。

今日，他看样子又爱上了土著领导。

只听得他嘴里念念有词："是，先生，对，先生。"叩头如捣蒜。

屈尊降贵不叫人难过，人总得设法活下去。

大丈夫能屈能伸已是生存律例。

可是，需不需要这样露骨无耻愉快地示范一百八十度大转弯？

家真震惊之余，只剩悲哀。

那土著领导却看到了许家真，老远伸长手走过来。"是许家真先生？来之前为什么不通知我们？"

家真愕住，他不认识他。

那人却高声说:"我叫鸭都拿,当年我曾与令兄许家华为理想并肩作战。"

"家华"这二字是家真的死穴,他立刻软化,与鸭都拿握手。

"我与家华在英国是同学,家真,你也是蓉岛人,请回来服务蓉岛。"

家真深深吸口气。

鸭都拿吩咐秘书拿来名片。"家真,我们每一日都欢迎你,今晚,请赏脸到舍下吃顿便饭。"

一旁的曹某露出艳羡眼光。

鸭都拿吩咐他:"招呼许先生。"

曹某如奉纶音:"Yes,sir。"

家真代他面红耳赤。

家真低声丢下两句话:"身后有余忘缩手,眼前无路思回头。"

那曹某却问:"什么?"

家真呼出一口气。"该走了。"

曹某仍然不明白。"我替你叫车。"

这时家真微笑。"今晚我未必有空。"

　　曹某责怪："鸭都拿先生如此忙如此有身份都抽空与你吃饭，你怎么可以说没有时间？"

　　曹某真是奇人，但愿他前途亨通。

　　家真笑笑离去。

　　回到酒店，昆生说："我今晚与旧同事聚会，你可有去处？"

　　"你玩得高兴点。"

　　"同事们说新政府已与他们签妥新约，尽量挽留人才，但也有不少决意移民纽澳。"

　　"医学人才，到处受到尊重。"

　　家真一个人留在酒店，不觉在沙发上睡着。

　　这一觉睡得很熟，直至有人敲他房间门才醒。

　　"谁？"

　　"许先生，是大堂经理。"

　　家真开门。

　　"许先生，"门外站着彬彬有礼的年轻人，"鸭都拿先生说，没想到许先生选住我们属下的酒店，怠慢了，现在想替许先生转房间。"

　　"我们住这里已经很舒服。"

大堂经理只是赔笑。

家真不想为难他。"好吧,你得通知许太太。"

"是,是,还有,许先生,鸭都拿先生说,七时半在家里等你吃饭。"

这时,经理的手提电话响了,他说了两句,房间案头电话也响了起来。

家真去接听,是鸭都拿本人。"家真,家华有点东西在我处,我想亲手交给你,请你赏脸来一次。"

家真呵一声。

"你不知多像家华:一般高风亮节,不求名利。请恕我直言,华裔品格复杂,高低犹如云泥。"

"我准时到。"

鸭都拿很高兴。

经理更加松口气。

家真更衣出门,楼下有车子等他。

车子驶上山,只见蓉岛风景美丽如昔,蕉风椰雨,谁都会深深爱上它,家真忍不住哼起那首歌。

深色皮肤的司机笑了。

车子还未停下,鸭都拿本人已经迎上来。

他到底是长辈，家真连忙说："不敢当。"

"看到你如看到家华一般，我实在想念家华，家华如能看到今日蓉岛，想必宽慰。"

一连三声家华，叫家真心酸。

他迎客人进屋，家居布置十分豪华，甚至带些绮丽，与鸭都拿的性格不合。

他似看透家真心思，轻轻答："装修全是内人意思。"

他带家真进书房，拉开抽屉，郑重取出一只大信封，取出内容，放在桌子上。

家真看到一只学生手表，一包烟丝，以及一帧照片。

他认得的确是大哥的物件，照片里正是他们一家五口。

家真眼泪流下来。

他掩住眼睛，但不，他不只双目流泪，他整张面孔每个毛孔都在流泪，止都止不住。

鸭都拿轻轻叹声气。"我去斟杯酒给你。"

他让家真独自宣发情绪。

家真低头，握住大哥的遗物，贴在胸前，一声不响地默哀。

不知过了多久，书房门嗒一声推开。

家真以为是鸭都拿，他抬起头来。

但是缓缓进来的却是一个穿月白色中国旗袍的女子，身段曼妙，轻若流萤，她过来，坐在家真对面。

她这样安慰家真："不要伤心，我们这里每一个人都永远怀念许家华。"

家真呆住，她，是她。

只听得她又说："许家真，我认得你，你是当年偷窥我沐浴的那个小男孩。"

家真说不出话来，他无地自容。

"后来，你给我叔叔打了一顿，可是？"

家真瞠目结舌。

"我怎么知道是你？"她轻笑，"你看得到我，我当然也看得见你，你的五官一点也没变。"

她也是，清丽如昔，大眼睛宝光流露。

许家真悲喜交集。

她把那只学生手表戴在家真腕上。

"后来，我们又见过一次。"

家真更加讶异。

"是的，那次拍摄广告，你来探班，我又看到了你，我走进化妆间，以为你会跟上来说几句话，可是你没有，"声音到这里有点唏嘘，"三个月后，我便与鸭都拿结婚了。"

原来她一直知道有他这个人。

这时，家真知道再不讲话，永无机会。

他低声说："这些年来，我一直记得你，在我最苦恼的时刻，你的脸，像一颗明星般照亮我的心襟，叫我振作，我感激你。"

她像是讶异了。"家真，从来没有人对我说过这样好听的话。"

家真腼腆地笑。

"搬家之后，我也吃了许多苦，看到若干嘴脸，受过极大气恼，但是每次想到住在工人流动宿舍时种种趣事，包括一个小男孩为我挨打，都会觉得愉快，我得感谢你才真。"

她轻轻握住他的手。

过一刻，她又轻轻松开。

这时，管家在门外说："太太，晚饭准备好了。"

鸭都拿也进来说："家真，试试我们家的娘惹菜。"

灯光下看到她，更加觉得与心底深处的蚀刻倩影一模一样。

在饭桌上家真一言不发，也吃得很少。

鸭都拿说："家华也是这样，往往一日不发一言。"

吃完晚饭，她退下休息。

鸭都拿又千叮万嘱，恳请许家真回蓉岛服务。

家真只喝了一点点葡萄酒，却像是余醉。

昆生比他早回。

"我们搬进总统套房来，是怎么一回事？"

家真却抱怨："我的左眼皮跳了一日，不知是什么兆头。"

"我是法医，不信这些，你用冰水敷一敷会有帮助。"

家真倒头便睡。

第二天一早家英来找他。

"你昨日去了何处？近日荣登总统套房，别忘记今晚有重大仪式。"

家真点点头。

他忽然缠着二哥说儿时趣事。

"家英，你比我大五岁，我小时是个怎样的人？"

"淘气，爱哭。"

昆生在一旁笑。

家真问："还有一些其他的吧。"

"很得母亲钟爱。"

"还有呢？"

家英笑。"一出生父亲便荣升总工程师，所以得宠。"

家真颓然。"你看我的一生乏善足陈。"

昆生答："那才好，幸福女子一生通常一句话可以说完：二十余岁结婚相敬如宾生一子一女白头到老。"

家英说："晚上见。"

他走了。

家真揉揉眼。"我真不想观礼。"

"去，代表家华。"

家真答："若不是为着家华，我真情愿回加州老家睡午觉。"

昆生微笑。

"周志强叫我永睡不朽，"家真自嘲，"他与志明往往三五天不眠不休。"

"所以他们老得快。"

"昆生，你爱我。"

"是。"她笑哈哈。

"为什么，我自觉无甚优点。"

"你有才华，你聪明敏感，谙生活情趣，你孝敬父母，还有，你安分守己。"

家真道谢。

那天下午，家真与昆生去逛蓉岛古董街，替朋友找一架木雕屏风。

古玩这样东西，无论真假，都可遇不可求，他们竟没找到，只得到附近冰室休息喝柠檬茶。

冰室对面有几株大榕树，根须垂到地上，孩子们在附近嬉戏。

家真凝视他们追逐嬉笑。

昆生留意丈夫专注的神情。

她忽然说："幼儿们真可爱。"

"你有无注意到，半岁以上，他们就会露出调皮的样子来。"

昆生笑。"有些比较憨厚。"

"昆生，回家之后，我们也得计划一下家庭人口，辛苦你了。"

昆生笑答:"义不容辞。"

就这样说好了。

回到酒店,他俩更衣出外吃饭。

出示请帖,经过保安,忽然有人迎出来。

"许家真先生,请到这边。"

可是另外有英国人冷冷地说:"许先生将坐在赫昔逊这边。"

家真连忙赔笑答:"我明白,我自有分寸。"

鸭都拿却派那曹某来说:"许先生将坐在许家华的位子上。"

昆生突觉不祥,她微微拧头。

家真立刻会意。"我们坐这里即可。"

角落有几个位子并无名牌,家真与昆生坐下。

这时国歌已经奏起,一时众人肃静站立,无暇再辩论座位问题。

接着,有人上台致辞,再致辞,又致辞。

一定有人食不下咽,或是食而不知其味。

礼堂大得容易迷路,转来转去,前途不明。

家真轻轻问:"可以走了吗?"

昆生安慰:"还要升旗呢。"

"多累。"

"嘘。"

许家真如坐针毡。

大哥如果在场,会怎么应付这种沉闷场面?

想到家华,他心绪比较安宁。

大哥根本不会出现,他会在某处冷角落喝啤酒静观电视屏幕上的升旗仪式。

大哥就是这样一个人。

升旗时刻来临,宾客鱼贯而出,站到广场。

灯光照如白昼,家真被带到一个好位置上,他总算看到了家英。

许家英架着墨镜,站在赫昔逊身边,全神贯注地戒备,他像一只鹰,又似一只猎犬,不停环顾四周,每根寒毛竖着万分警惕。

家真站在观众席中,深觉做观众最幸福。

他看看腕表。

这只表,自从她帮他戴上以后,就没脱下来。

家华也戴过同一只手表，看过时间。

九时整。

突如其来的音乐吓人一跳，铜乐队大鸣大奏，震耳欲聋。

昆生站得离家真近一点。

一面旗缓缓降下，英人代表恭敬上前，折叠米字旗，捧着退下。

另一面旗缓缓升起。

升旗手手臂一抖，新旗飞扬，群众爆发出热烈的掌声欢呼。

人群热血沸腾注意新旗，只有许家真看着他二哥，家英神情似乎略为松懈。

就在这一刻，家真看到家英身躯一震，身为保镖的他立刻挡在赫昔逊身前，伸手进衣襟，可是，已经来不及了，电光石火间只见他向前倒去。

赫昔逊身边的人立刻抬头。

只见观众席高台上有一阵骚乱。

家真先是一呆，随即浑身寒毛竖起，他知道发生了意外，百忙中他拉着昆生的手往前奔。

四周人群仍然在欢呼鼓掌，根本没有发觉已经发生事故。

家真在人群中找路走，推开前边观众，抢到台下，他被警卫拦住。

许家真一边挣扎一边大叫："赫昔逊！"

那白发翁转过头来，惊魂未定，示意放人。

家真抢进封锁掉的小小现场，发觉急救人员已经蹲在担架前边。

担架迅速抬走，除了少数人震惊失措，广场一切如常。

家真拉着昆生登上救护车。

这时，他才去看担架上的家英。

他趋向前。"二哥，是我，你可以说话吗？"

他发觉家英左边墨镜玻璃已碎，他轻轻除下眼镜，看到一个血洞。

昆生立刻拉上毯子，遮住许家英的面孔。

家真茫然地抬起头来。

他轻轻握住二哥的手，放在脸颊上，许家英的手起初还是暖和，迅速冷却。

家真轻轻问："发生什么事？"

昆生不出声，她亦受惊，一贯镇定的她竟无法说话。

救护车驶抵医院，医生抢出来救治。

昆生强自镇定，立刻找相熟医生对话。

家真犹自握着兄弟的手不放。

昆生轻轻将他们的手分开。

家真只觉晕眩，霎那间他失去知觉。

这是身体本能反应：刺激过度，机能暂停，以免精神负荷太重失常。

许家真交由医生照顾，祝昆生反而放心。

她随法医进入实验室。

"昆生，许家英受狙击身亡，凶手目标是赫昔逊，许家英一共替他挡了两枪。"

昆生走近。

"第一枪在心脏部位，他穿着避弹衣，无恙，第二枪在左眼，他即时身亡，没有痛苦。枪手肯定专业，枪法奇准。"

"赫昔逊只是一个商人。"

法医哼一声。"你不是蓉岛人，你不明赫昔逊建造这半个世纪以来的所作所为，赫昔逊为虎作伥，建造只是名目。不过，这是另外一个题目，在任何情形之下，都不应滥杀无辜，执行私刑。"

有人推门进来，一头白发，脚步蹒跚，他衣襟上沾着血，那正是赫昔逊。

他走近，低下头，似在祈祷，然后抬起头，轻轻说："你与家真，今晚随我一起乘私人飞机离去吧。"

昆生代家真拒绝："不，我们还有后事要办。"

"蓉岛不宜久留。"

"谢谢你。"

赫昔逊似老了二十年，佝偻着背脊，再也伸不直，缓缓由随从扶着离去。

法医轻轻说："做得好，昆生。"

助手奇问："那就是他？鼎鼎大名的赫昔逊，传说豪宅有十二名土著仆人，每日更换白手套，需要自另一门口出入……那就是他？又干又瘦又害怕。"

昆生在心中念了句再见家英，便黯然离开。

警方人员看见她便说："许太太，方便说话吗？"

昆生点点头坐下。

她累得双肩倾垮，靠在座位上，闭上眼睛。

警员斟一杯咖啡给她。"我们当场逮捕疑凶。"

昆生轻轻问："为什么？"

"疑凶曾受军训，枪法奇准，目击者说，他击中目标，弃枪拒收，并无逃亡意图。"

"什么年纪？"

"二十余岁。"

许家真也只得二十余岁。

"他可知道没有打中赫昔逊？"

"他只呼叫：替许家华复仇。"

昆生霍地站起，她顿觉晕眩，又再坐下。

她不住喘息。

替许家华复仇。

那年轻的杀手可知道，他打中的正是许家华的亲兄弟许家英。

许家华在生，会怎样想。

昆生再也忍不住，落下泪来，用手掩住面孔。

这时，警官忽然站立。

原来鸭都拿到了，他同赫昔逊一般，身边跟着一群人，他扬起手叫他们退后。

昆生擦干泪水看着他。

他趋近，非常诚恳地说："我至为抱歉。"

他们都那样说，肯定由衷，有感而发。

可是许家英不会回来。

昆生维持镇定，沉默无言。

"家真在何处？"

看护答："他在病房休息。"

鸭都拿说："我想看看他。"

昆生忽然开口："这个时候，恐怕不方便。"

鸭都拿涵养甚佳，他答："我明白。"

他与昆生握手。

昆生看着他离去，才到病房看丈夫。

家真对着窗呆坐在安乐椅上。

昆生走过去，用额角抵着他的额角。

家真轻轻说："昆生，看到那条河吗？"

"嗯，是湄河的支流，叫丽江。"

"大哥与二哥时去划艇游泳，却不带我。"

"你还小。"

"爸只准我去泳池游泳。"

"的确安全得多。"

家真静默了。

过一会儿他彷徨地说："我们怎么对爸妈讲？"

昆生镇定地答："我想他们已经知道了。"

家真无言。

稍后他走到窗前。"我记得大哥有一张照片，他坐在小艇上，穿白衬衫和卡其裤，笑容英俊爽朗，另一张是他初入大学，在校门口拍摄，穿毛领皮夹克，好看至极……"声音渐渐低下去。

昆生把他拥得紧紧。

"我说过永不回来，真后悔食言。"

"不是你的错。"

"昆生，我们走吧。"

"一定，家真，一定。"

年轻夫妻紧紧拥抱。

下飞机的时候，周家三口来接。

周阿姨握住家真的双手，未语泪先流。

志强与志明也垂头不语。

周阿姨对昆生说："我整日留在许家，真佩服你爸妈，极之哀伤中仍可维持尊严，我以做他们亲戚为荣。"

昆生不语。

有时，哀伤是发泄出来为佳。

蓉岛之春

伍.

生命本无常，短短一生，
充满悲愤怒气，失望难免。

回到家，父母迎出来。

许太太握着家真的双手，微微晃动。"家真回来了。"

家真答："是我，妈妈，是我。"

"快淋浴休息，昆生，我盛碗绿豆汤给你解渴。"

父亲在书房听音乐，一切如常，一看就知道许氏夫妇
还在逃避阶段，震央尚未抵达他们心中。

家真放下行李。"我回公司看看。"

昆生温言相劝："换下衣服再去。"

真的，衬衫上全是血迹，已转为铁锈色。

他站到莲蓬头下，淋个干净。

他必须站着，活下去，他是一家之主，满屋老小，都
靠他了，他不能倒下来。

他换上干净衣服出门。

在办公室沙发上，他蜷缩如胎儿般盹着。

梦见鸭都拿递上勋章。"许家真代领。"

家真接过那枚华丽的金光闪闪的勋章，伸长手臂，用力掷出去，勋章直飞上半空，缓缓落下，咚一声没入丽江水中。

家真惊醒，一脸眼泪。

有人叫他："许家真，你好。"

他凝神一看，原来是一个小小约两尺高的机械人。

家真低声答："你好。"

"家真，我叫原振侠。"

"我们见过。"

"这是你的咖啡，少许牛奶，两粒糖，正确？"

"谢谢你。"

"可要听音乐？"

"也好。"

轻轻的，如泣如诉，不知名的弗拉门戈吉他音乐自机械人身躯传出来。

家真聆听："歌叫什么名字？"

机械人答："《我的吉他仍然轻轻饮泣》。"

"呵，这样好听的歌名。"

"我陪你下棋如何？"

家真答："我只想静一会儿。"

机械人说："家真，你若叫我，我立刻应你。"

家真答："谢谢你。"

机械人走开，周志强推门进来。

家真揉揉脸。"你又把它改良了。"

"我把你的弈棋装置放它身上。"

"你当心，版权已经出售。"

"家真，你不住把版权出让，不觉遗憾？"

"志强，电子新发明不同文学著作，近日学生仍拜读五百年前的莎士比亚，电子小玩意儿日新月异，我们今日的发明，他人日后也有同样结论，速速登记，卖者去也，继续研发更新主意，没有什么值得留恋的。"

"你说得对，请来看看上一季的新产品。"

说明书倒出来一箩筐，白热化，一窝蜂往这项科技发展。

"这一行过几年势必盛极而衰，届时可考虑退休。"

志强很兴奋。"退休后我与志明更有时间发展机械人。"

家真愁眉百结中也不禁笑起来。

"家真，我很为许家难过。"

家真心如刀割。

"现在只盼望岁月能治愈你们的伤口。"

家真垂头不语。

"我只见过家英哥一次，只觉他英姿飒爽，神采宛如猎鹰，男子应当如此俊朗，比起他，我似只小鸡，唉。"

家真抬起头来。

志强搓着手。"不讲了，我不擅安慰。"

"志强，幸亏有你这样的好朋友。"

"家真你十分憔悴，回家休息吧。"

"公司拜托你们了。"

许家真回到家，看到母亲坐在书房，背着门，对住长窗外的园子。

她轻轻对家真说："大使馆派人送来家华的勋章。"

"在哪里？"

"你爸拒收，说没这个人。"

家真愕然。

"终于由我出面签收，放在书桌上。"

小小一只盒子，像一件首饰。

打开一看，是一枚金光灿烂的镶宝石星状徽章。

许家真盖上盒子，放进抽屉。

他会走到海边，挥动手臂，把勋章扔进大海吗？不，勋章不属于他，无论他有多么愤慨，他都不能擅作主张。

母亲头发白了许久，她茫然的眼神，叫家真心酸。

他蹲到母亲身边，看到母亲手握酒杯。

这种时候，能抢过她的杯子叫她别再多喝吗？

不大可能。

他蹲在母亲身边陪她说话。

"一个人总要等一生中最好的时刻过去，才会知道何时属于最好吧。"

"妈妈最好时光是几时？"

"在家千日好，当然是做女儿时期。"

"外婆爱你吗？"

"老式人表现方式不一样，愿给女儿读书，大抵是疼爱的吧。"

"妈妈的英语比我们好。"

"怎么会，你们活学活用，我们照书读。"

"妈妈可怀念蓉岛岁月？"

"昔日蓉岛似仙境：大红花，芭蕉林，小小翠绿色蜂鸟直飞进屋来，土著热情纯朴，物价廉宜……真是好地方。那时你们还小，整日叫妈妈，真烦，只望你们长大，近日空巢，又希望听到孩子的叫声……"

"咦，昆生呢？"家真抬起头来。

到这时才想起妻子。

"在这里。"有人应他。

昆生站书房门口，笑嘻嘻的。

她才是家里的支柱，家真一见她便放下心来。

"到什么地方去，也不说一声。"

"我到区医生处检查。"

区是他们的家庭医生。

家真心惊肉跳。"你何处不舒服？"他自问再也受不起惊吓。

"区医生说我已怀孕七周。"

许太太第一个站起来，她脸容似恢复若干生机。"刚才说渴望听到孩子的叫声，太好了。"

昆生走近。"幸亏爸妈不怕嘈吵。"

"这孩子由我看顾，你俩照常上班。"

家真站一旁发呆，呵，从此他的责任添加，身份完全不一样了，他将为人父。

怎样做父亲？

家中忽然多个话题，而且忙碌起来。

志强他们最高兴，摩拳擦掌准备做叔伯，心血来潮，设计自动会摇晃的婴儿床、仿母声的玩具、安全舒适的沐浴盆……

许惠愿也主动询问："是男是女，知道没有？"

昆生说："爸希望是男孩吧。"

"男女都一样高兴。"语气盼望。

昆生出示超声波素描："爸，是个男胎。"

许先生说："咦，看不清楚。"

家真说："把周伯伯周叔叔叫来钻研立体彩色胎儿素描器。"

大家都笑起来。

许家的创伤复原了吗？当然不，但活着的人总得努力活下去。

晚上一静下来，家真仍似听见母亲的饮泣声。

一年多来他都未曾睡好。

孩子顺利出生，十分壮大，八磅多。

看护笑说："大个子，下个月可入读幼儿班。"

许先生许太太展开笑脸。

周阿姨艳羡至眼红。

许太太一直把婴儿抱在手里不愿放下，她说："呵，像足家真小时候。"

家真推门窗，仿佛听见钟斯叫他："许家真，出来玩，许家真，带你去好地方。"

雨点大滴大滴落在芭蕉叶上，滴滴答答。

一到清晨栀子花全部卷开，整个园子泛着花香，女仆的木屐清脆地在石板地响起，许家真要起床上学了，功课做齐没有？近日生物课需解剖青蛙……

家真抱着婴儿，渐渐被生活种种苦楚驯服。

许惠愿叫婴儿嘉儿，乳名佳儿，标明是在加州出生的孩儿。

他们会把大伯与二伯的故事告诉他吗？大抵不会。

一日昆生清理遗物，打算把穿不着的衫裤送往救世军，她说："口袋里有些杂物，包括这张电话卡。"

家真走近。

电话卡上的女郎正对着他笑。

他珍重地收好。

昆生还记得："这是你与日本人的第一单生意吧。"

家真点点头。"山本娶了老板女，在旧金山长住，仍然替公司到处搜刮新玩意儿。他现在致力做微型产品，越小越好，他妻子却喜收集古董家具，需租一间货仓储放收藏品。他有三辆跑车，但是市内车房不足，十分烦恼……"

昆生笑。"你与他有密切联络。"

"他一级聪敏，与他交易极之愉快。"

这时，学步的小小佳儿摇摇晃晃地走近，模仿父亲的口吻："极——之——愉——快——"

真是一个欢喜团，大人无法不笑。

他已会扶着家具逐步走，跌倒爬起，毫不气馁，所有台椅上都有他小小的脏手印。

他是祖父的瑰宝。

许惠愿带他逛公园，四处骄傲地介绍："我孙儿。"脸上发出亮光。"背'床前明月光'给大家听。"

幼儿会笑嘻嘻地背诵："床前明月光，疑是地上霜。举头望明月，低头思故乡。"

大家想到果然已经背井离乡，不禁黯然，继而鼓掌称好。

佳儿得到极多奖赏。

一日，许惠愿帮孙儿拼玩具火车轨，累了，斟杯白兰地，坐在安乐椅上喝。

保姆欲带走佳儿，他说："不，让他陪着我。"

保姆含笑退下。

佳儿转过头来，看着祖父，走到他身边，伏在他膝上。

许惠愿微笑，"所以叫作依依膝下。"

他摩挲着孩子头顶。

"你爸幼时我忙着工作，没与他相处，家真小时候想必与你一般可爱，我只觉他老在母亲怀中，七八岁仍然幼稚。"

幼儿仰起头,凝望祖父。

"你这双眼睛似你二伯伯。"

幼儿吟"哦"。

"你的二伯伯叫家英,一表人才,他此刻已不在人世,"许惠愿轻轻对小孩申诉,"是我的错吗?由我带他进赫昔逊,如果没有我,他会否活到今日?"他反复自言自语。

许惠愿垂下白头。

这是他第一次说出心事。

小小佳儿忽然抬头对祖父说:"不,不错。"

"我没有错?"

他愕然。

小佳儿摇摇头:"不错。"

许惠愿落泪。"家英,可是你借佳儿与我说话?"

佳儿轻轻答:"不错。"

"呵。"许惠愿忽然释然,他不住点头,"你原谅了父亲,你没有怪我。"

小佳儿伏在他膝上,十分亲热。

许惠愿笑了,酒杯在这时落在地上,滚到一边。

稍后许太太午寝起来，走到楼下，看到保姆在整理衣物，不禁问："佳儿呢？"

"与许先生在书房玩火车。"

许太太走进书房，看到丈夫在安乐椅上盹着，孙儿坐地上看火车。

小火车沿轨道行走，叮叮声作响，非常有趣。

许太太顺手取起薄毯子往丈夫身上盖。

她一边嘀咕："怕你着凉。"

忽然她察觉到异样。

她走得更近一点，电光石火间她明白了。

"惠愿。"

没有回应。

许太太出乎意料地镇静，她高声叫保姆。

保姆奔进来。

"打电话叫家真及昆生回家。"

保姆一看椅子上垂首的许先生，也明白了。

她一并把医生也叫来。

许太太坐到丈夫身边。

佳儿叫她，她紧紧搂着孙儿。

"只得你一人送走爷爷？"

佳儿点点头。

许太太流下泪来。"惠愿，你走好了。"

大门嘭一声推开，许家真抢进来，在玄关不知叫什么绊了一下，直仆倒在地，他一声不响地爬起，踉跄着奔进书房。

他把母亲及儿子轻轻带出书房，叫保姆看住他们。

昆生也回来了。

她蹲下看视许氏，一声不响，轻轻用毯子遮住老人的身体。

家真震惊。"怎么会，早上我去上班时他还好好的。"

昆生用力按住丈夫的肩膀，家真似觉有股力量传入他体内，他颤抖双手渐渐平静。

昆生用手帕替他擦去血迹，他那一跤摔破了额角。

救护车已驶至门口。

区医生冲进来。

救护人员一语不发，只管办事，片刻已把许先生带走。

昆生说："我陪爸走一趟，你看牢妈妈。"

他们走了，家真主动斟了两杯酒端上楼去。

只见佳儿已在祖母怀中沉沉睡去，保姆接过他回睡房。

家真把酒杯递给母亲。

许太太喝尽一杯，低头不语。

家真苦涩无言。

许太太说："他不寂寞，他有家华家英做伴，有什么误会，如今也可以说清楚了。"

家真不出声。

"我有你，家真，我应当庆幸。"

家真握紧母亲的双手。

"家真，"许太太吩咐，"把你大哥与二哥搬来和他们父亲一起吧。"

家真说是。

片刻周阿姨来了。

她真是善心人，捧着一盆人那样高的大红花。"看我在园圃找到什么。"若无其事那样，在屋里打转，陪伴事主。

周阿姨朝家真使一个眼色，叫他去办事。

家真与昆生在医院会合。

昆生轻轻对丈夫说："是心脏自然衰竭，完全没有痛苦，像忽然睡着，致使不再醒来。"

家真看着妻子，不知说什么才好，张开嘴，又合拢。

"我明白你的心情，请节哀顺变，生老病死是人类不变的命运，我们仍需好好生活。"

半晌家真说："我需回蓉岛处理一些事。"

"我陪你。"

"不，你陪妈妈及佳儿。"

"也好。"

昆生却派周志强与他同行。

志强只说到蓉岛看视电子科技发展："听说与香港地区、新加坡鼎足而三，不容忽视。"

一下飞机，瞠目结舌。

"美人，每个女子都是美人。"

电子公司派出的女将自接待员到工程师都是漂亮女生：一头乌发，蜜色皮肤，谈吐温文，又具真才实学，且勤工好学。

志强懊恼："我为什么不早来蓉岛？"

家真只是笑。

办妥了事，他去找钟斯。

按着原址找去，问伙计："钟斯在吗？"

立刻有人去打电话。

另一个伙计招呼许家真坐下。"他在分店，立刻过来。"

分店？呵，情况大好。

穿着制服外表整洁的伙计笑嘻嘻的。"我们共三家分店，老板每朝每家店巡视过后才会来这里。"

家真发愣。

钟斯终于发奋做人，他不再苦等高贵的白人生父前来搭救，他自己站了起来，不再酗酒打架、自暴自弃。

家真感动。

伙计给他一杯大大的黑咖啡。"他吩咐过，有这么一个人，回来找他，一定是许先生，喝蓝山咖啡，不加糖。"

家真不住点头。

有人大力推开玻璃门进来。"家真。"

家真抬头，他泪盈于睫，眼前的钟斯穿白衬衫卡其裤，剪短头发，骤眼看像煞当年小学同学，他站起来紧紧握住他的手。

钟斯装上义肢，门牙也已经修补，精神奕奕。

家真问："为什么不同我联络？"

他搔着头。"我想做好些才给你惊喜。"

"我的确代你欢喜。"

他们两个不住拍打对方背脊。

然后坐下叙旧。

"家真,我听说了。"

家真默不作声。

"对你来说,一定很难受。"

家真第一次说出感受:"仿佛割去身上某部分,痛得情愿死,可是也得存活下去。"

钟斯微微牵动嘴角。"我曾有同样感受。"

"生活真残酷。"

钟斯答:"但是,也有一丝阳光,昆生与孩子都好吧。"

"那孩子忒顽皮。"

"家真,像你。"

"我幼时挺斯文。"

钟斯大笑:"那么文雅的人怎会跟我做朋友。"

家真一想,也笑起来。

他问钟斯:"可有女朋友?"

就在这时,有人在后边搭腔:"钟斯,蒸气牛奶器有故障,需立刻找人来修。"

家真看过去，只见柜台后站着一个年轻的标致女郎：杏眼，肿嘴，褐色皮肤，似笑非笑神情亲昵，一看就知道是钟斯的女友。

家真笑着问："这位是——"

"伊斯帖，过来见我老友许家真。"

伊斯帖走出来。"家真，钟斯一直说起你，你对我来说，一点也不陌生。"

"不敢当。"

女郎穿着蜡染纱笼，体态修长，家真看着她，心中想起一个人。

家真吸口气定神。"一定是伊斯帖管教有方，钟斯才有今日。"

"家真，钟斯没说你这样会讲话。"

"几时你俩来加州，我招呼你们。"

钟斯答："蓉岛是我的家，不会久离，度假却没问题。"

他终于找到了他的家。

"生意好吧。"

"伊斯帖，把账簿取出，家真可是大股东。"

家真按住他。"我那份，分给伙计当奖金好了。"

伊斯帖诧异。"家真你真慷慨，钟斯可是锱铢必较。"

家真立刻说："他不同，他是掌柜，必须认真。"

三人一齐笑起来。

家真对钟斯说："这下子，我对你可放下了心。"

钟斯眼睛红红。

稍后，他需要到健康中心做物理治疗，家真愿意陪他。

钟斯猜想家真还有话说，但是一路上只见他目光浏览风景，不发一言。

钟斯说："疗程需要三十分钟。"

"我等你。"

"家真，你有心事?"

家真微笑。"我只想争取与你相处的时间。"

钟斯点头。"你可参观健康中心。"

看护笑说："我们新建的康复暖水泳池，数一数二先进。"

家真缓步走到泳池那一头，只看见十来个孩子正在池中嬉戏。

他含蓄地站在柱后观看，发觉不少是土著孩童，从前，这种高级康乐中心，难见土著，时势的确是不一样了。

再留神，家真不禁呀的一声，原来是一群伤残儿童呢，四肢都有残缺，但教练却一视同仁，用爱心耐心鼓励他们运动心身。

家真感动。

凝神间忽然见一个女子自池底钻出，手握红色圆圈标志，原来她在教儿童潜泳。

呵，家真认得她。

她正是他心头上永恒的一颗明星。

原来她在这里做义工。

怪不得家真无故跟了来，像是一早知道可以一偿心愿。

出水芙蓉般的她跃出水面，艳色不减，大眼透露精光，尽情的笑脸，雪白牙齿，水珠自脸上肩上滑落，宛如当年般亮丽。

刹那间她似觉有人偷窥，转过头来，看到柱边。

家真微笑。

这次，他想，我躲得很好，这次，你肯定看不到我。

果然，她见没有人，便专心继续教孩子们潜泳。

许家真看得心满意足，直到她令孩子们上岸。

他双腿已站得酸软。

但是心中一点遗憾也没有。

他回到楼上，钟斯让他看新装置的假手。

家真检查过说："回去我替你做一具更好的电子前臂连感应手指。"

他紧紧拥抱他的好兄弟。

他们没有血脉关系，可是感情只有更加深厚。

"咦，"钟斯留意到，"你的心事消失了。"

"是吗？"

他俩离开康复中心。

第二天家真就走了。

昆生来接他机。

她接过他手中最宝贵的行李，轻轻说："父子终于可在一起了。"

家真无言。

他们许家对蓉岛再也没有牵挂。

回到家，佳儿站在门前等他，小小人儿，一见父亲立刻打心底笑出来。

家真心酸，他能不好好做人吗？

他抱起孩子。

"妈妈呢。"

"这两天喝得比较多，正午睡。"

"她始终戒不脱。"

昆生隔一会儿才说："一个已届六十的太太，没有嗜好，又伤透了心，闲时喝两杯，又怎好阻止。"

家真说："有时，真的想做好人，必须要残忍。"

"你来做这大好人吧。"

"我也做不出，我俩是糊涂一对。"

生活重新上轨道，家真联同周氏兄弟及昆生在实验室做机械人臂。

实验成熟，立刻有医护人员闻风而至，要求参观。

那轻巧的半截义肢一看就知道精工用爱心做成，全靠人手，一丝不苟，灵活指尖可辨认冷热。

院方惊叹，希望在医学杂志上发表报告。

"小小实验室凭年轻人的干劲好奇在短短六年间研发三十余种产品，专利权出售全球，堪称奇迹。"评论文字这样说。

周阿姨同昆生抱怨："有无适龄华裔女友，介绍给志强他们认识。"

"他们不喜医生。"

"快到三十，由我做主，不好也得好，帮帮忙。"

昆生笑起来。

"见女生得剪头发剃须换新衣服。"

周阿姨说："包在我身上。"

周末，在许宅举行泳池聚会。

周氏兄弟到场一边开始吃，一边絮絮与家真谈到实验室认识种种，对换上泳衣走来走去的妙龄女视若无睹。

昆生走过来。"那穿电光紫泳衣的女孩很漂亮。"

志强嗤一声笑。"今日年轻女子，多数想找长期饭票，或是申请一本护照，有几个像祝昆生：聪明才智，又为家庭效力。"

"唷，好话谁不爱听，你们想怎样？"

"每个周末请我们来大吃大喝。"

那天他俩吃饱了，躺在池边晒太阳，不知怎的睡着，且扯鼻鼾，气得周阿姨顿足。

女郎们嬉戏，莺声呖呖，玩得十分高兴，可是，谁也没对谁一见钟情。

家真丢下客人找母亲聊天。

"妈，妈。"

"这里。"

许太太坐在书房里，木格子窗帘外就是泳池，她微微笑听着外边的戏语声。

"好久没有这样热闹。"

"可不是。"

"从前在蓉岛，替你们开生日会，也是一般高兴。"

"妈妈好记性。"

"家真，今日是家华的生日，他若在人世，今年已经四十。"

家真黯然说："今日当是与家华庆祝吧。"

"昆生细心，家里事她全知道，又从来不宣之于口，真贤淑。"

家真笑笑："有时脾气也很犟。"

这时佳儿咚咚咚走进来。"爸爸在这里。"

他却伏到祖母膝上吃手指。

许太太把手放在孙儿背上。

她轻轻说："真像昨天似的，替你们办十岁生日会，家华要一台原子粒收音机，家英要一台计算机，你，你要一套大英百科诠释，至今还保存在书架上。"

家真不语。

"家真。"

家真过去蹲下。

母亲的手轻轻抚摸他的面孔。"妈妈有家真。"

家真恻然。

佳儿忽然用手绕住祖母的脖子。"祖母还有佳儿。"

许太太笑出眼泪来。

这时保姆接了孩子出去午睡。

"佳儿九月要上幼儿园了。"

许太太像是有点累，可是仍然不住喝着手上的酒。

"妈妈的酒量越来越好。"

"我去医院做义工那两日不喝。"

"那不如天天去。"

许太太只是笑，似有许多话想说，但又不想口出悲言。

外边有人叫许家真。

家真说："好像是志强，我出去看看。"

许太太点点头，又陷入沉思，侧着头，像是回到蓉岛，像是听见大儿二儿的笑语。

原来他们找家真听长途电话。

是钟斯收到那只义肢向他道谢。

他们俩不是温情派，也不会客套，钟斯只是说："真神奇，像自己的手一样。"

"过奖了，比较之下，你会更加珍惜自己的手。"

"它已完全帮到我。"

挂上电话，被朋友拉去说话，瞬息太阳落山。

人人晒成金棕色告辞，兴奋地希望还有下次。

昆生捧着一盘水果走进书房。"妈妈，妈妈。"

书房里暗，她一时没有习惯光线，站了一会儿，忽然看见许太太倒卧在安乐椅旁。

她手一松，水果盆落到地上，昆生扑过去托起许太太的头，只见她呕吐了一地，一探鼻孔，已无呼吸，她被呕出的渣滓窒息。

昆生立刻替许太太做急救。

她大声叫丈夫："家真，家真，打九一一。"

救护车到达的时候，昆生仍努力在做人工呼吸。

救护人员说："太太，已经太迟了。"

昆生满头大汗，筋疲力尽跌坐一旁。

她茫然说："我只离开一刻。"说着痛哭起来。

家真呆若木鸡，站在玄关，动弹不得。

这时周阿姨抢进门来。"家真，你需办理手续，昆生，站起来。"

昆生抬起头，她吸进一口气，不得不站立。

家真走近，紧紧握住妻子的手，双双走出门去。

深夜，周阿姨轻轻同两个儿子说："从未见过一个家庭可以发生那么多悲剧。"

志强看法不同："人老了总会辞世。"

"家真两个兄弟……"

"人生总有意外。"

周阿姨说："照你们看来，一切都稀疏平常。"

志明答："那又不是，但生命本无常，短短一生，充满悲愤怒气，失望难免。"

"噢哟，老庄意味。"

"家真反而轻松了，他不用再同时扮演三兄弟的角色，今日开始，他做回自己即可。"

"许太太也好，她那样想念家华，今日可与他团聚。"

周阿姨忽然问："你猜他们母子见面，是小时候还是今日模样？"

志强想一想："肯定是今日模样，那样家华哥可以照顾两老。"

在许宅，家真也问："你猜母亲见了家华家英，他们是否孩提模样？"

昆生想一想。"最好家华十五，家英十岁，那是妈妈最开心的时刻。"

家真唏嘘。"他们都去了，留我一人干什么？"

"你还得照顾我们母子。"

"昆生，是你一直照顾我才真。"

"我有吗？"语气意外地略带辛酸。

她比他大，婚前已经明白可能需要迁就，结果情况比想象中好得多。

昆生记得第一次遇见家真，竟在一个那样突兀的地方。

亲友们都喜欢问："贤伉俪在何处邂逅？"

昆生请他们猜。

猜到第一百次还未中，连潜水艇、飞机、电梯、酒窘……都提到，全猜不中。

她记得他浑身战栗，脸色金纸，鼓起无比勇气控制伤悲恐惧来辨认亲人。

其他亲友全没到。

终于，他崩溃下来，倒在地上抽搐，事情可大可小，祝昆生见过一个病人从此失常。

她立刻负起做医生的责任。

当时她心中想：可怜的灵魂。

她愿意照顾他一世。

她父母曾说："同公公婆婆一起住，日子不好过。"

昆生点头。"可是，我与家真很少在家，我俩每周工作一百小时。"

"他们很静，都有心事，不愿打开话盒子。"

"祝你幸运，昆生。"

这么长一段日子，她第一次听见家真表示感激。

她说："许久没回娘家，我回吉隆坡走一趟，佳儿与我同往。"

"我陪你们。"

"你会无聊，你与周氏兄弟都离不开实验室。"

"你去多久，谁来料理我的生活起居？"

昆生好笑。"你自己。"

家真坐下想了一会儿。"对，你也是人家女儿，我把你摘了过来承担孝敬许家老人的责任，辛苦了这许多年，是该放你回家见父母了。"

佳儿扮大人老气横秋向父亲打听："吉隆坡是什么样的地方？"

"你可要做资料搜集？回来返学校可做报告，来，翻开世界大地图，让我告诉你亚洲在何处，又距离加州多少英里，经纬度如何，时差若干，气候有什么分别……"

昆生笑着接上去："跟着，写一篇论文。"

"请每日同我联络。"

"我懂的。"

他们母子启程探亲，保姆放假。

一抵埠就有照片传真过来，外婆外公年轻力壮，且神情愉快，昆生与佳儿都咧开嘴笑，四周是表兄弟姐妹诸位亲人，呵，这才是一个正常家庭，家真辛酸。

半夜口渴，叫昆生："水，水。"

猛地想起，昆生在半个地球以外。

他走向厨房，经过书房，听见碎碎的华尔兹音乐，又脱口问："爸，是你，你回来了？"

原来是他睡前忘记关掉收音机。

他洗了个脸，索性回实验室去，那里随时有同事作陪，是个不夜天。

昆生拨电话回来，那边永远人声嘈杂，热闹非凡，他们都说同一可爱土语方言，自成一国。

"佳儿好吗？"

"他随表哥采集昆虫标本。"

"何种昆虫？"

"甲虫类。"

"哗，一定精彩。"

"不同你说了，我们骑自行车去市集吃冰。"

家真艳羡，但他却知道，他与他们处不来，他只想念自家兄弟。

办公室外有人叫他："家真，来看看最新晶片。"

下午，他同周志强说："我想退休。"

志强答："我知道你迟早会这样说。"

志明说："的确这半年以来你都没有更新主意，似乎帮佳儿做功课才是你发挥才智的时候，但是放假休息完毕，又是一条好汉，不必退下。"

"我想去湖畔飞线钓鱼。"

"我俩陪你去。"

"你俩计划多多，哪里走得开。"

"家真，要退齐齐退，把整间公司出让。"

家真看着他们。

"你不在实验室，蛇无头不行。"

"也许我们才应退下，用实践来结婚生子。"

家真呆呆地看着他们。

"你，许家真，你立刻到吉隆坡去寻回祝昆生，我们负责找律师来卖盘。"

家真问："不会太仓促？"

志强笑，"再迟怕没有买主。"

志明点头。"就这么说好了。"

家真忽然问："什么叫寻回祝昆生？"

他们兄弟两对望一眼。"家真，这些日子，你受忧伤占据，苦不堪言，无暇体贴妻子，她也谅解，这是你回报她的时候了。"

呵，旁观者清。

"你当心昆生失望之余到波斯尼亚或东亚去搜集战争罪行证据，一去三年。"

"对，昆生不是没有地方可去的人。"

这时，机械人原振侠忽然轻轻走出来。

它播放一首二十世纪四十年代的老歌，琴声悠扬。

周氏兄弟跟随音乐唱起来："我是一个舞者，我快乐逍遥，呵让别人去攀那高梯，让别人去完成创举，我是一个舞者，跳出快乐人生……"

他俩奇乐无比，搭起手臂。"来，家真，一起跳。"

三人跳起踢踏舞来，不知多起劲。

许家真不觉大笑，直至笑出眼泪。

同事们前来围观，所有会跳舞的人都来露两手，这个不知名的下午忽然变成一个节日。

公司解散了。

同当年他们合组实验室时一般神奇。

许家真立刻赶去吉隆坡会妻儿。

无人知他行踪，他在岳父家门前按铃，用人来开门，不认得他，进去向东家报告："一位许先生在门口。"

　　昆生一呆，奔出去，看到英俊但脸容带点沧桑的丈夫站在门口，手里提着行李。

　　"家真。"她喜出望外。

　　"昆生，带我去市集吃冰。"

　　小佳儿也跑出来叫爸爸。

　　岳父岳母笑不拢嘴。

　　谁都知道女儿一个人回娘家不是什么好事，幸亏三五日后女婿追了上来。

　　两老互相忠告："女婿是娇客，重话说不得。"

　　家真一踏进屋子，体内蓉岛那热带岛国的因子发作，宾至如归，不知多安逸。

　　昆生问："你走得开吗？"

　　"完全没事，我专门来陪你们。"

　　他玩得比谁都开心，踏着三轮车载孩子们往沙滩，采标本，钓鱼，上市集，与岳家打成一片。

　　祝家到这时才认识这个女婿，非常庆幸。

　　岳母说："家真这几年吃足苦头，我们需额外痛惜他。"

　　岳父也说："真的，他家中发生那么多事，一个亲人也没有了。"

岳母抢答："啐，我们即是他家人。"

"说得对，说得好。"

他们住了一整个暑假，亲友叫佳儿"小外国人"，其实他会说点中文，只不过不谙闽南语，只得与表亲用英语交通。

他问父亲："小外国人，是好，是不好？"

家真不能告诉他，在某些崇洋社会，那简直是一种尊称。"没有什么意思，那不过是你的特征，像大眼睛，卷头发。"

"我是外国人吗？"

"你是美籍华裔。"

"我是否清人，或是支那人？"

"谁那样叫你？"家真"霍"一声站起来。

"我看电视里有人那样叫黄皮肤人。"

"你不可示弱，我教你咏春拳，你叫回他们流氓，垃圾——"

昆生咳嗽一声。"家真，怎可这样教孩子。"

"不然教什么？忍耐必有结果，抑或四海之内，皆兄弟也。"

佳儿有顿悟："四海之内，皆兄弟也。"

昆生笑着把儿子拉开。"去，去游泳。"

家真叹口气。"假期过去了。"

"你若喜欢，可以年年来。"

"一言为定。"

岳家人朴实纯真，言语，肚肠，都坦荡荡，为家真所喜，他们绝对不会弯里弯、山里山那样兜圈子，使心计，与他们在一起真正舒服。

回到加州，家真返母校修博士论文，他说："万一坐食山崩，可以教书。"

时间多出来，与佳儿厮混，他们一起做自动吸尘器、太阳能闹钟、会说话的录影机。

就这样十多年过去了。

讶异时间经过得那样快？

这种感觉一点也不稀奇，诗人墨客以至凡夫俗子莫不对此现象表示震惊。

许家真记得他第一篇中文作文一开始便这样写："日月

如梭，光阴如箭……"不知从何处八股抄来，中文老师一贯赞好，给了八十九分，贴到壁报上。

今日他终于明白那八个字的真义。

佳儿明年将进大学，他已考获驾驶执照，每日开着吉普车走到影踪全无。

他不像家真，他不会同母亲说"妈妈有家真"，他异常潇洒磊落，女生喜欢他，电话多得他妈妈特地设一条专线给他，录音机留言往往满泄。

每逢有人叫他，佳儿回过头来边笑边问："找我？"那神情像足许家华。

家真记得当年小小的他走进大哥书房找人，大哥会笑问"找我"？然后找一把橡皮筋给他玩。

又有一次，佳儿为小事与同学生气，回家仍绷着脸，戴墨镜不肯除下，后来才知道他左眼被飞来足球打淤，那冷冷神情又像足许家英。

这些，都叫家真凝神。

不过，佳儿对繁复功课的忍耐毅力，又似他老爸。

坐在书桌前，永不言倦，父母常劝说："佳儿，眼睛需要休息。"

这时，周氏兄弟已经结了婚，三年抱两，周阿姨可以在家开托儿所，她眉开眼笑。

"家真，佳儿可在我孙女中挑对象。"

昆生说："阿姨，我们是近亲，不宜通婚。"

"谁说的，一表三千里，八竿子搭不上血脉。"

"表妹们才十岁八岁，这件事慢慢讲。"

"昆生，时间飞逝，你不同他锁定一个对象，他将来娶白女黑女。"

昆生笑眯眯的。"只要他喜欢，我也喜欢。"

周姨婆赌气。"昆生，这话是你说的，你别后悔。"

昆生先是哈哈大笑，笑到一半，忽然踌躇，一张脸沉了下来。

一边，周志强同家真说："我们退休之后，电子科技进入科幻世纪，你看过他们的电脑动画没有？神乎其神，叹为观止。"

"我最欣赏环球无线电话，地球上四百万平方英里无远弗届，同神话中顺风耳一般。"

"我沉迷诸电子游戏不能自拔。"

"最喜欢哪一种？"

242

周志明说:"《盗墓者罗拉》!一次万圣节,在商场见一女郎扮作罗拉:大辫子,紧身衣,短裤,两把自动步枪用皮带缚在雪白大腿上,我忍不住喊出来:'罗拉!'"

大家忍不住笑。

"哎,"志强说,"英雄出少年,那是我们那几套板斧全体过时。"

家真摇头。"不,我不会那样说,是我们这一票人披荆斩棘开了路,后起之秀才能一步步跟着走,做到精益求精,我不会否定我们的努力,我们的成果。"

"家真好乐观。"

"家真说得对,昆生,你说是不是?"

昆生笑眯眯。"但凡许家真说的话,对我来讲,字字珠玑,无须商榷。"

志强说:"愚忠!"

志明说:"贤妻们,听到没有?学一学昆生姐姐。"

就这样,闲话家常,努力生活,日子一天天过去。

许家真每年除夕斟出香槟,与妻共饮。

他抱怨:"香槟一年不如一年,好一点的像克鲁格,简直要用一条右臂去换,其余的味如汽水。"

昆生安慰："一家人在一起，喝果汁也不妨。"

家真立刻会意。"昆生，你讲得对，我太啰唆，我老了，像老太太。"

昆生笑。"你有无发觉若干男人老了比女人更唠叨多嘴。"

"多谢你提醒我。"

他老了吗？

细胞解体，一部分老却，一部分随父母兄弟死去，内心一小撮记忆，却时时年轻。

许家真常常做梦，他回到一块大草地上，依稀记得，像是蓉岛的一座木球场，他在草地上拔足飞奔，风在耳边呼呼擦过。

大哥与二哥在前边笑着叫他："家真，快些，快些。"他像腾云驾雾似的，越跑越快，凌空飞了起来，朝大哥二哥追上去。

还是未能忘怀，醒来无限惆怅，依然心如刀割，足足叫他待半天说不出话来。

昆生在医院里位置年年高升，现在，他们叫许家真为"祝医生丈夫"，佳儿选读生物科技，努力解读遗传因子密码。

由母亲指点他功课，佳儿已不大做机械玩具。

幸亏许家真已取到博士学位，谋到一个教席，误人子弟，不愁寂寞。

女学生的打扮叫他吃惊，可用"衣不蔽体"四字形容：上衣短而窄，遮不到腰，裤头落在肚脐下，随时会掉下似的。肉感，但欠缺美感。

坏品味不分新旧老少，都不敢恭维。

家真专心教书。

他在课堂重拾自我，同事们喜欢他，因为他毫无侵略性，学生们挤到他的讲座，因为他风趣和蔼。

大学欲升他做行政工作，他即时婉拒，坦白说："我不懂那一套，那是另一门学问。"

其他同事知道了，有点酸溜溜："许家真确实名士，可是他家财亿万，无所谓升级或否，他来讲学，不是赚钱，而是来送钱。"

无论做什么，总有旁人发表伟大评论，许家真置之不理。

放了学他每日风雨不改地驾车到医院接妻子。

年轻的护理人员看见他打完招呼就艳羡地轻轻说："祝

医生几生修到。"

"祝医生本身也才貌双全。"

"他们相敬相爱到说话声线低得像细语。"

"唉，我对婚姻要求不自觉地提高，更加难找对象。"

"许博士本来很忙，为了家人，结束生意，此刻每星期只教十多小时课。"

"有人会这样为我吗？我想不。"

年轻的她们不禁沮丧。

这一天祝医生一上车，声线却奇高："家真，周末佳儿要带朋友回家吃饭。"

家真犹自懵然。"好呀，吃中菜比较亲切，请四五六饭店送几样菜来。"

"家真，你好糊涂！"

家真茫然。"什么事？"

"家真，佳儿要带女朋友回来见我们。"

家真呵一声，脸上露出震惊神色。

"那女孩是他同年同系同班同学，大家十八岁。"

"小孩子，不能作准。"

"可是他以前约会，从不带女孩回家，通常都是到她们家厮混。"

家真像是头壳被人大力敲了一下，需要沉默定神。"先回家再说。"

回到家，她取出冰冻啤酒喝一口。

昆生说："他今午打电话给我说，妈，这次，我是认真的。"

"他们口中所谓认真，颇有商榷余地。"

昆生却十分紧张。"宁可信其有，不可信其无。"

"那该怎么办？"

"家真，你猜那女孩是什么人种？"

家真讶异。"人品好，有学识，什么人种有何干系？"

"是黑人呢？"

呵，原来昆生怕的是这个。

"或是墨西哥、波多黎各、海地、韩国、高加索……"

"昆生，你是医生，你知道全人类人体构造全无不同，割破了皮肤均流出鲜红的血液。"

"话是这样说，可是不同文不同种，两代势必疏远。"

家真微笑。"昆生，你还有我。"

昆生也不由得笑。"你最拿手说这句话。"

"你不问佳儿她是什么人？"

"我还想维持母亲的尊严，所以故作大方。"

昆生这样坦白，叫家真更加好笑。"倒是开门迎客，别吓一大跳。"

昆生低头沉思，忽然释然，抬头吁出一口气。"但凡佳儿喜欢的，我也喜欢。"

"好母亲。"

昆生过来握紧丈夫的手。

贵客莅临那天，家真在房中整理书籍。

一本小小的苏斯博士绘著儿童故事《戴帽子的猫》掉了下来，呵，这是家英送给他的礼物。

家真心里牵动似痛，他站起来游走舒缓抑郁。

书房门嘭一声推开，昆生跑上来，脸色发亮。"家真，是华裔，谢谢天！且同你一样，在蓉岛出生，你们不乏话题。"

家真只听到咚一声，一颗心落了地。

"家真，真没想到她会那么漂亮，长得像个小公主。"

家真好奇。

"我没见过比她更好看的少女。"

昆生拉着丈夫的手，兴奋地走下楼。

只见佳儿与一名少女手牵手，闻声转过头来。

啊，大眼睛，尖下巴，褐色皮肤，高挑身段，最特别的是她穿一身蜡染纱笼裙，完全热带风情，确是小美人。

"爸，这是我女友常三和。"

许家真立刻亲切地说："三和，许家即你家，欢迎你。"

佳儿放心了，感激地与父母交换眼色。

三和留下吃饭，那女孩活泼爽朗，十分可爱，统共赢得家长欢心。

他们饭后去看电影，昆生一改常态，说个不停。

"我应对佳儿有信心，真惭愧，原来他自选女友比我想象中好十倍百倍。"

家真微笑。

"岁月如流，儿子已长大，带女友回来见家长……家真，你说三和是否美人儿？"

家真思潮飞出去老远，漂亮，是，人才出众，也对，也是，同真正的美人相比，还差许多，许多。

同样大眼睛，有人黑瞳里有影子，那是整个世界，叫人一见像蚀刻在脑海里，永志不忘，那柔水般妩媚，才堪称美人。

那一夜，他随钟斯爬上榕树顶，看到她的倩影，她转过头来，她说她也看到了他。

那一夜改变他的命运，他被送往老远寄宿。

若不是家华出事，他一定会在毕业后返回蓉岛，届时，他会否找遍蓉岛，直至把她联络到为止？

他只是一个少年，他没有那样的力量。

他许家真会否拿他今日温暖家庭来换取神仙姐姐的青睐？他想不。

他爱他的妻儿，万金不换。

许家真想通了，抬起头来。

只听见昆生仍说："真没想到她那么漂亮。"

家真哦哦回答："是，很漂亮。"

"真是许家荣光，你说对不对？"

"是，是。"

"咦，你整晚唯唯诺诺，何故？"

"唯命是从，不好吗？"

祝昆生只得笑了。

家真带着那本叫《戴帽子的猫》的漫画书进房重新

细阅。

读到一半，睡着了。

梦见家华来探望他，白衬衫，卡其裤，亲切地笑。"确是个美女。"

对牢兄弟，家真无话不说，但这次不置可否。

不到一会儿，家英也来了。"家真一向喜欢美女。"

家真连忙回答："不，不，我——"他忽然改口，"你们说得对。"

家华与家英微笑，他们的面孔，年轻且英俊，且发出亮光来。

这时家真惊醒。

幸好，许家真只是一个普通人，所以存活下来，因此昆生有丈夫，佳儿有父亲。

他是一个不懂得追求理想的人。

他很快乐。

他轻轻落下泪来。